磨铁经典第八辑·发光的女性

女人!去写那些如果你不写出来,
就无法呼吸的东西。

钟形罩

[美] 西尔维娅·普拉斯
Sylvia Plath — 著

黄翊 译

1

那是个古怪而闷热的夏天。那年夏天他们把罗森堡夫妇[1]送上了电椅,而我当时还不知道在纽约做些什么。我对行刑一无所知,一想到要被电死,我就直犯恶心,可报纸上全是这些东西——头条上的大字就像一个个凸起的眼球一样瞪着我,从街头巷尾,到透着霉味和花生味的地铁口,无处不在。这桩新闻跟我毫无关系,但我就是忍不住去想,被延伸到所有神经末梢的电流活活烧死是怎样一种感觉。

我想那一定是世界上最糟糕的事情。

纽约已经够糟了。早上九点,前一晚悄悄潜入的那种虚假的、乡间特有的潮湿清新的气息,就像一个甜美的梦境尾巴一样消失殆尽。炙热的街道在太阳底下出现了曳动的虚影,就像朦胧的海市蜃楼闪现在花岗岩峡谷底部。那些车顶被阳光炙烤得嗞嗞作响、闪闪发亮。干燥的、夹着煤渣的尘埃被风吹进我的眼睛,落进我的喉咙。

---

[1] 罗森堡夫妇:朱利叶斯·罗森堡(1918—1953)和艾瑟尔·格林格拉斯·罗森堡(1915—1953),冷战期间美国共产主义人士,被指控在苏联进行间谍活动,以电刑处死。

我总能从电台或办公室的人嘴里听到罗森堡夫妇的消息，以至于我完全没法把他们从我的脑海中剥离出去。我第一次见到尸体时也是这样的感觉。过了好几周，我还是能看见尸体的头，准确来说是头的残骸，浮在我早餐吃的鸡蛋和培根后面，或是巴迪·威拉德的身后。我看见尸体这事，首先要怪的就是他。很快我就感觉自己到哪儿都带着这颗头，用线系着，就像带着某种散发着酸臭味的黑色无口气球一样。

我知道那个夏天我有点不对劲，因为我一个劲儿地想着罗森堡夫妇，想着我有多蠢，竟买了那么多又贵又不舒服的衣服——它们像鱼一样僵直地挂在我的衣柜里。我还在想，大学期间我志得意满地积攒的那些小小成就，在麦迪逊大街光滑的大理石和玻璃建筑面前，都化作了泡影。

那本该是我一生中最得意的时光。

在美国有成千上万跟我一样的女大学生，我应该算得上是其他人的忌妒对象。她们想要的无非是像我这样，穿着某次午休在布鲁明戴尔百货买的七码漆皮皮鞋，配一条黑色漆皮皮带和一只同色皮手袋到处转悠。我的照片被刊登在我们十二个女孩任职的杂志上，彼时我正在某个"星光屋顶花园"喝马天尼。我穿着紧身的仿银丝胸衣，裙摆是那种宽大的、云朵般的白色薄纱，几位不知名的年轻男士簇拥着我——他们有着美国人的骨架，是被专门雇来或是租来拍照的。此情此景，所有人都会觉得我肯定飘飘然了。

他们会说，看看，在这个国家真是什么奇迹都能发生。一个过去十九年都待在偏僻小城的姑娘，穷到连一本杂志都买不起，却靠着奖学金上了大学，继而又拿了这个奖那个奖，最后竟还能玩转纽约，就像开自己的私家车一样。

但其实我什么都玩不转，连自己的生活都做不了主。我只是日复一日地从酒店到办公室，然后去参加派对，又从派对回到酒店，再去办公室，就像一辆有轨电车，在哐当声中麻木行进。我想我应该像其他女孩一样兴高采烈，但我却做不到。我感到麻木且空虚，好似龙卷风的风眼，在周围的一片喧嚣中沉闷地移动。

包括我在内，一共有十二个人住在酒店里。

通过撰写散文、小说、诗歌或是时尚推介，我们在一个时尚杂志竞赛中拿了奖，主办方给我们提供了在纽约工作一个月的机会，所有费用全包，还有数不清的福利，可以参加舞会、观看时装秀、在一个大名鼎鼎的天价沙龙做头发，还有机会认识我们意向领域的成功人士，此外，还有人指导我们怎么根据各自的肤色打扮自己。

我还留着他们给的化妆套盒，那是专门给棕发棕眸的人配的。里面有一管带小刷子的椭圆形棕色睫毛膏；一块圆形的蓝色眼影，小小的，刚好够用指尖搽一下；三支口红，颜色从深到浅，都放在一个镀金小盒子里，盒子一侧还镶了一块镜子。我还有一个白色的塑料太阳眼镜盒，上面装饰着彩色的贝壳和亮片，还钉着一个绿色的塑料海星。

我知道，我们的礼物多得堆积成山，是因为品牌方想要免费做宣传，但我不能太愤世嫉俗了。种种赠品纷至沓来，一时间给我带来极大的乐趣。后来有很长一段时间，我把它们藏了起来，但等我想通以后,就又把它们拿了出来。现在它们还散落在房子里的各个角落。我偶尔会用那些口红,上周我还把太阳眼镜盒上的塑料海星拆了下来给宝宝玩。

我们一共有十二个人,都住在酒店的同一层、同一侧,每人一间单人房,彼此相邻。这种格局让我想起了大学宿舍。这不是真正的酒店,我是说同一层楼男女宾客混住的那种酒店。

亚马逊这家酒店,仅向女宾开放。这里的女孩大都和我年纪相仿,父母通常都很富裕,想让女儿住在心怀不轨的男人无法接近、欺骗她们的地方。她们都在凯蒂·吉布斯[1]那样时髦的秘书学校上学,上课得穿长筒袜,戴帽子和手套;或者也可能是刚从凯蒂·吉布斯那样的学校毕业,一边给管理层当秘书,一边在纽约瞎转悠,期待着嫁给某个功成名就的有钱人。

这些女孩看上去很无聊,我看着她们坐在屋顶阳台上,一边打哈欠,一边涂指甲油,保养她们在百慕大[2]晒出来的棕色皮肤。她们看上去无聊得要命。我和她们中的一个聊过,她已经厌倦了坐邮轮和飞机出行,厌倦了圣诞节到瑞士滑雪,也厌倦了巴西男人。

这种女孩让我恶心。我是如此忌妒,却说不出口。过去整整十九年,除了这趟纽约之行,我甚至没有出过新英格兰。这是我得到的第一个机会,而我却只是呆坐着,眼看着它像水一样从指缝尖流过。

---

[1] 凯蒂·吉布斯秘书学校于 1911 年建于美国罗得岛州普罗维登斯市,创始人是凯瑟琳·吉布斯。该学校以培养具备办公技巧和组织能力的秘书闻名,她们通常穿高跟鞋、戴帽子和白手套。
[2] 百慕大群岛:位于北大西洋,是英国位于北美的自治海外领地。

我想我的一大麻烦就是多琳。

我从没见过像多琳这样的女孩。多琳来自一所南部的上流社会女子学院,她有一头明亮的浅色头发,像棉花糖一样围拢在她的脑袋后面。她的眼睛是蓝色的,就像透明的玛瑙珠子,坚硬、明亮、永不黯淡。她的嘴角总是微微扬起一个嘲讽的弧度,不是那种恶心的嘲笑,而是一种饶有兴味的、神秘的讽笑,就好像她身边的人都很愚蠢,只要她想,便可以肆意嘲笑他们。

我很快成了多琳选中的人。她令我觉得我比其他人都要聪明,而且她真的很有趣。开会时她总是坐在我旁边,受邀嘉宾发言的时候,她就低声在我耳边说些尖酸刻薄的话挖苦他们。

她的学校非常时髦,照她所说,所有女生都有和裙子一样材质的手袋,这样每次她们换不同的衣服都能搭配对应的手袋。这种细节让我印象深刻,它透露出一种精致的、令人惊叹的堕落之美,像磁铁一样吸引我。

多琳唯一一次训斥我是因为我在截止日前手忙脚乱地赶稿。

"你何必这么累呢?"说这话的多琳穿着一件桃粉色的真丝睡袍,正靠在我床上,用一块砂板锉她长长的、被烟熏黄的指甲,而我在用打字机敲一篇销冠小说家的采访稿。

说起来,我们都穿浆得硬邦邦的夏季棉睡衣、夹棉家居服,又或是可以当沙滩浴衣穿的毛巾浴袍,而多琳总是穿那种带蕾丝、半透明的尼龙长睡衣,或是肉色长袍。因为有静电,袍子总是紧紧贴在她的皮肤上。她身上还有一种蛮有意思的味道,带着点轻微的汗酸,让我想起香蕨木的气味——那些扇贝形状的叶子被人折下来碾碎的时候,就会散发出这样的麝香味。

"你知道的，老赛杰伊不会在意你是明天还是下周一交稿，"多琳点了一支香烟，并让烟雾缓慢地从她的鼻腔散出来，她的眉眼氤氲其中，"赛杰伊丑得要死，"多琳冷酷地说，"我猜她丈夫每晚靠近她前都会把所有灯关掉，不然他可能会吐。"

赛杰伊是我的老板，尽管多琳这么说，我还是非常喜欢她。她跟时尚杂志社里那群戴假睫毛和轻浮首饰的长舌妇不一样，她很聪明，因此她丑陋的外表也无关紧要了。她会好几种语言，而且认识行业里所有的一流作家。

我试着想象赛杰伊脱掉板正的办公室套装和那顶正式宴会时戴的礼帽，转而和她的胖老公待在床上的样子，但我做不到，我总是很难想象人们躺在一张床上的光景。

赛杰伊想教会我某些事情，所有我认识的年长女性总是试图教我些什么，但我突然觉得她们不具备这个能力，于是我架起打字机的盖子，咔嗒合上。

多琳咧嘴笑道："聪明。"

有人在敲门。

"谁？"我没有起身。

"是我，贝齐，你要去参加派对吗？"

"我想是吧。"我还是没有去开门。

他们是从堪萨斯州把贝齐找来的。这女孩扎着金色的马尾，走动时马尾便上下摆动，笑起来会让西格玛·池兄弟会[1]那些人都为之倾倒。我记得有一次，我们俩被叫到某个电视制作人的办

---

[1] 西格玛·池国际兄弟会：北美最大的兄弟会文学团体之一，1855年创建于迈阿密大学，主要在美国和加拿大设有分会。

公室，制作人穿着细条纹西装，下巴带着青色的胡楂儿，问我们有没有什么想法，可以作为他拍摄节目的参考，于是贝齐开始对堪萨斯州的雌雄玉米大谈特谈，她完全投入到那该死的玉米上，甚至把制作人都说得热泪盈眶。最后他说，很可惜，她的想法他一点都不能采用。

后来，美妆编辑说服贝齐剪了头发，把她包装成了一个封面模特。现在我还时不时能在那些以"某某太太穿伯·赫·弗拉格的衣服"为标语的广告里看见她微笑的脸。

贝齐总是叫我跟她和其他女孩一起出去，仿佛想用这种方式拯救我。她从来不叫多琳。多琳私下里叫她"波莉安娜[1]牛仔女孩"。

贝齐隔着门问："你要不要坐我们的车一起去？"

多琳摇了摇头。

"不用了，贝齐。"我说道，"我和多琳一块儿去。"

"好。"我听见贝齐的脚步声沿着走廊远去了。

"我们去看看，玩腻了就走，"多琳一边跟我说，一边在我床头灯的灯座上把她的烟按熄了，"我们可以去城里玩。他们安排的派对总让我想起学校体育馆的老式舞会，为什么来的总是耶鲁的学生呢？他们太蠢了！"

巴迪·威拉德就去了耶鲁大学。现在想来，他的问题就在于他很愚蠢。哼，他不仅拿到了很好的成绩，还和科德角某个叫格拉迪丝的咖啡厅服务员发生了关系，然而他没有一点儿直觉。多

---

[1] 波莉安娜：埃莉诺·H.波特的儿童小说《波莉安娜》中以乐观为特点的女主人公，因其角色的经典程度而成为"乐天派"的代名词。

琳有，她说的每一句话都像是从我的骨头里传出来的隐秘低语。

我们堵在了去剧院的高峰路段。出租车卡在贝齐的车和其他四个女孩的车之间，一动不动。

多琳看起来棒极了。她穿了一件无肩带拉链式的白色蕾丝裙，底下是紧身胸衣，显得她腰更细，上下曲线更明显。她的皮肤上扑了一层粉，底下透出古铜色的光泽。她身上的香味也很浓，整个人就像一个移动的香水铺子。

我穿的是一件价值四十美元的黑色山东绸紧身裙。得知我有幸能去纽约后，曾有一段时间，我拿着奖学金疯狂购物，这裙子也是那会儿买的。裙子的板型很奇怪，我根本没法在底下穿内衣，但问题也不大，因为我瘦得像个男孩，几乎没有曲线，而且我喜欢这种在炎热的夏夜几近裸着的感觉。

这座城市让我晒出来的褐色皮肤褪色了。我看起来肤色蜡黄。通常这样的裙子和奇怪的肤色会让我焦灼不已，但和多琳在一起让我忘记了这些烦恼，我觉得自己非常聪敏，胜于其他人。

在酒吧的条纹雨篷下，一个穿着蓝色格子衬衫、黑色斜纹裤和手工牛仔皮靴的男人朝我们缓缓走来，鉴于他一直在雨篷下盯着我们的车，看他走过来，我也没有产生任何幻想，因为我很清楚，他是为多琳来的。他就这么穿过堵塞的车流，风度翩翩地斜倚在我们打开的车窗窗沿。

"容我问问，两位美丽的女士，如此良宵，你们坐车去哪儿呀？"他扬起一个大大的笑容，露出一口白牙，像牙膏广告的那些主角一样。

"我们正要去参加一个派对。"我脱口而出,因为多琳突然变成了一根哑巴桩子,百无聊赖地摆弄着她手袋上的白色蕾丝。

"听起来很无聊,"男人说,"你们不如和我一起到那边的酒吧喝几杯?那儿还有些朋友。"

他朝雨篷的方向点了点头,几个穿着随意的男人懒散地靠在那儿。他们的视线一直跟着他,当他回头看时,这些人哄笑起来。

他们的笑声本应令我警觉,那是一种低低的、心照不宣的窃笑,但车流开始动了,我知道如果坐着不动,我很快就会后悔没有趁这个机会,看看杂志社精心安排的活动之外,纽约不同的一面。

我问多琳:"多琳,怎么样?"

"多琳,怎么样?"这男人也带着招牌微笑问道。现在我已经想不起来他不笑的时候是什么样子了。我想他一定总是在笑,而且这么笑对他来说是很自然的。

多琳跟我说:"那好吧。"于是我打开车门,我们在车子缓缓前行之际下车了,向酒吧走去。

背后传来尖锐的刹车声,紧接着是一声撞击的闷响。

"喂!你们!"我们的司机从车窗探出头来,脸都气紫了,"你们到底在干吗?"

他停得太急,以至于后面的车撞了上去,里面的四个女孩子被晃得摔下了座位,正挣扎着爬起来。

男人笑了,他把我们留在路边,走回去,在一片嘈杂的喇叭声和叫骂声中递了一张支票给司机。我们看着搭载杂志社女孩的车一辆辆过去,就像观看一场只有伴娘的婚礼。

"来吧,弗朗基。"男人对他那群朋友中的一个喊道。一个身材矮小的男人走出来，跟我们一起进了酒吧。

他是我不能忍受的那种人。我不穿鞋的身高是五英尺十英寸[1]，和小个子男性走在一起的时候，我会稍微弯腰，把臀部往下压，好显得矮一点，但这种姿态会让我感觉很笨拙，就像滑稽的杂耍演员一样。

有那么一会儿，我任性地希望我们可以按体形配对，这样的话，我就可以跟第一个来找我们说话的那个男人走在一起，他显然有六英尺高。然而他自顾自地跟多琳走在前面，没有再看我一眼。我假装没看到弗朗基跟在我身侧，挨着多琳坐在了桌边。

酒吧里太暗了，我几乎只能看清多琳。她的头发和裙子都是浅色的，整个人散发着银色的光辉，想来应该是反射了房顶的霓虹灯。我感觉自己融进了阴影里，仿佛一张陌生人的底片。

"那，我们喝点什么呢？"男人笑着问道。

多琳对我说："我就要一杯古典鸡尾酒[2]。"

点酒对我来说向来是一个难题。我分不清威士忌和金酒，也从来没有点到过喜欢的酒。巴迪·威拉德还有其他我认识的大学男孩通常都很穷，要么买不起烈酒，要么完全瞧不起喝酒这种行为。很难想象竟然有那么多大学男孩不抽烟也不喝酒，而且我认识的人好像都是这样。巴迪·威拉德做过最出格的事就是给我们俩买了一瓶杜本内酒[3]，而他这么做只是为了证明，即便他是一名医学生，也是有点品位的。

1　1英尺 ≈ 30.48厘米。1英寸 ≈ 2.54厘米。5英尺10英寸，大概是177.8厘米。
2　古典鸡尾酒：以威士忌为基酒，配以安格斯杜拉苦精、方糖、苏打水等材料制作而成。
3　杜本内酒：一种法国开胃酒，是一种强化葡萄酒的调制酒，通常在餐前饮用。

我说:"我要一杯伏特加。"

男人探究地看了我一眼:"要加什么吗?"

"什么都不加,"我说道,"我都喝纯的。"

我想如果说要加冰、苏打水、金酒或是什么别的东西,可能会显得很傻气。我看过一个伏特加的广告,那瓶酒插在冰里,泛着蓝色的光泽,看起来像水一样干净纯粹,所以我认为喝纯的伏特加一定没错。我的梦想就是有一天能点到我喜欢喝的酒。

服务生很快过来了,男人为我们四个人都点了酒。他穿得像个农场主,却在这个充斥着城市气息的酒吧里如此游刃有余,我猜他可能是个名人。

多琳一句话都不说,只是把玩着她的软木杯垫,后来还点了一根烟。男人似乎并不介意,他只是一直盯着多琳,就像游客盯着动物园的白色金刚鹦鹉,等着它开口说人话。

酒到了,我的伏特加就像广告里那样干净纯粹。

"你现在在做什么?"我问那个男人,以打破在我周围矗立起来的、密林一般浓重的静默,"我是想问你在纽约的工作。"

男人缓慢地把眼睛从多琳的肩膀上移开,似乎颇费了一番力气。"我是一个电台主持人,"他说,"你们应该听说过我,我是伦尼·谢泼德。"

多琳突然说:"我知道你。"

"我真高兴,宝贝,"男人大笑道,"这样事情就简单了。我可真出名。"

伦尼·谢泼德给了弗朗基一个意味深长的眼神。

"那么,你们是哪里人?"弗朗基一下子坐直,问道,"叫什么名字？"

"这位是多琳。"伦尼的手在多琳光裸的手臂上摩挲，还捏了一下。

令我惊讶的是，多琳就跟毫无察觉一样。这个穿着白裙子、头发漂成浅金色、肤色深得跟黑人似的女孩只是坐在那里，姿势优美地浅啜着她的饮料。

"我叫埃利·希金博特姆，"我回道，"我来自芝加哥。"说完这句话，我找回了安全感，因为我并不希望我这晚说的话或做的事跟我的真实姓名和波士顿出身挂钩。

"那么，埃利，你愿意和我跳支舞吗？"

一想到要跟这个穿着橙色绒面增高鞋、小气巴拉的T恤和邋遢蓝色运动外套的小矮子跳舞，我就想笑。我最看不起的就是穿蓝色衣服的男人。黑色或灰色，甚至棕色我都可以接受，只有蓝色令人发笑。

我冷酷地说："我没有心情。"我转身背对他，把椅子移向多琳和伦尼。

这两人看着就像多年旧识一样。多琳用一根细长的银匙羹搅动着杯底的水果块，每当她舀起水果靠近嘴巴，伦尼就会发出咕哝的声音，假装自己是狗之类的宠物，凑上前，要从那勺子里把水果抢过来。多琳咯咯笑着，继续搅动那些水果。

我开始想，伏特加就是我要找的酒。伏特加没有味道，却像一把剑一样直冲进我的胃里，让我感到充满力量，宛如神祇。

"我要走了。"弗朗基说着，站了起来。

这地方太暗了，我看不清他，但我第一次发现他的声音这高、这么蠢。根本没人理会他。

"嗨,伦尼,你还欠我钱没还,记得吗伦尼,你还欠我的,伦尼?"

我觉得有点怪,弗朗基竟当着我们的面提醒伦尼欠他的钱——毕竟我们都是陌生人,但弗朗基就是站在那里,一遍又一遍地说着同样的话,直到伦尼从口袋里掏出一大卷绿色钞票,并从里面抽了一张给弗朗基。我想那是十美元。

"闭上你的嘴,滚吧。"

有一瞬间我以为伦尼这句话也是对我说的,但紧接着我就听见多琳说:"除非埃利也来,不然我就不去了。"我真服了她,这么快就记住了我的假名。

"噢,埃利会来的,对吗,埃利?"伦尼一边说,一边朝我眨了一下眼。

"当然。"我答应道。弗朗基的背影消失在了夜色里,我想我应该跟着多琳,尽可能多看看。

我喜欢观察人们应对重大事件的样子,比如交通事故、街头斗殴或是实验室玻璃罐里的婴儿,碰上这些东西我会停下来认真地看,让自己永远不会忘记。

我也确实通过这种方式学到了很多原本不会知道的东西,即使有时候觉得惊讶甚至恶心,我也不会表现出来,而是装作自己一直都对此了若指掌。

2

我无论如何也不想错过去伦尼的家。

他的房子在纽约一栋公寓楼里，装修得确实像个牧场。他说让人打掉了一些隔墙，把地方空出来，然后往墙上贴了松木板，还搭了一个特别的马蹄形松木吧台。我猜想着地板也是松木板铺的。

我们脚下铺了几张巨大的白色熊皮，目之所及都是矮床，上面盖着印度毯，这便是唯一的家具了。墙上挂的不是画，而是鹿角、水牛角和一个兔头标本。伦尼伸出大拇指，摸了摸那个温顺的小灰鼻子，还有那对僵硬的兔耳。

"在拉斯维加斯碾到了它。"他穿过房间走向另一侧，牛仔靴落在地板上，发出枪响一样的回声。"我去开音响。"他说着，身形渐远，最后消失在一扇门后面。

音乐骤起，又戛然而止。伦尼的声音响起："感谢收听十二点电台，我是你们的主持人伦尼·谢泼德，继续为你们带来最佳流行音乐集锦。本周我们将迎来此次音乐之旅的第十首歌，来自最近非常受欢迎的娇小金发女郎。请欣赏独一无二的《向日葵》！"

我出生于堪萨斯，我成长于堪萨斯，
有朝一日我成婚，婚礼也在堪萨斯……

"他可真是个怪人！"多琳说，"你不觉得吗？"

"可不是嘛。"我回道。

"听我说，埃利，帮我个忙。"这会儿她好像真觉得我就是埃利。

"好。"我答应道。

"你能留在这里吗？如果他想对我做什么奇怪的事情，我可反抗不了，你看到他的肌肉了吗？"多琳咯咯笑道。

伦尼从后面的房间出来："这里面的录音设备值两万美元。"他慢慢走到吧台，拿出三个玻璃杯、一个银色冰桶和一个盛酒器，开始往里面倒不同瓶子里的酒。

……致那个承诺会一直等待的好姑娘
她是向日葵国度一朵盛开的花

"很棒吧？"伦尼端着三个酒杯朝我们走来。那杯壁上挂着大颗酒滴，像汗液一样。随后他把杯子递给我们，冰块在里面叮当作响。一记拨弦声后，音乐停了，伦尼的声音再次出现，宣告下一首歌的开始。

"还是听自己说话最过瘾。"伦尼的视线停留在我身上，"弗朗基开溜了，你还得有个伴，我再叫个人过来。"

"没关系。"我说，"你不必这么做。"我不想直说要找个比弗朗基个子高点的人。

伦尼看起来松了一口气。"好在你不介意,我不想在多琳的朋友面前做错事。"他大咧咧地冲着多琳笑,露出一口白牙,"你说是吧,宝贝?"

他朝多琳伸出手,他们便一言不发地跳起吉特巴舞[1]来,手里还端着酒呢。

我盘腿坐在其中一张矮床上,试图装出一副专注但不为所动的样子,就像我曾见过的几个商人,他们也是这么看一个阿尔及利亚人跳肚皮舞的。但我一靠向兔头标本正下方的那面墙,矮床就开始朝房间中央滚动,于是我改坐在地板上铺着的一张熊皮上,背靠矮床。

我的酒浓度很低,让人提不起兴致来。我一口接一口地喝着,酒的味道越来越像死水。酒杯上大约中间的位置画着一个带黄色圆点的粉色套索。我喝到了套索下方大约一英寸的地方,等了一会儿,正要喝下一口,融化的冰块让酒又回到了套索的位置。

伦尼幽灵一样的歌声在房间回响:"哇哦,我为什么离开了怀俄明?"

而那两人即使是在歌曲的间隙也没有停下舞动的脚步。我感觉自己渐渐缩成了一个小黑点,缀在这些红白相间的地毯和松木地板上,就像地上的一个破洞。

看着一对男女逐渐为彼此痴狂是一件令人沮丧的事,尤其你

---

[1] 吉特巴舞:又名水兵舞,是一种随着爵士音乐节拍跳的快速四步舞。

还是房间里唯一多余的人。

这就像坐在一辆驶离巴黎的列车车尾遥看这座城市——随着列车行进的每一秒,城市变得越来越小,可你会觉得是自己在变得越来越小,越来越孤单,以约每小时一百万英里[1]的速度远离万家灯火、热闹喧嚣。

每隔一会儿,伦尼和多琳会猛地撞进对方怀里,亲吻彼此,然后转身喝一大口酒,又再度依偎在一起。我想我可以直接躺在熊皮上睡一觉,直到多琳打算回酒店为止。

伦尼忽地发出一声可怕的号叫。我坐了起来,看到多琳正用牙咬伦尼的左耳垂。

"放开,你个婊子!"

伦尼弯下腰,而多琳趁机爬上了他的肩膀。她的酒杯从手里飞脱,划出一道又长又宽的弧线,落在松木地板上,发出一声清脆的叮当。伦尼还在号叫转圈,他转得太快了,我连多琳的脸都看不清。

通常人们会注意一个人眼珠的颜色,而我注意到的是多琳的乳房。乳房从裙子里掉了出来,微微晃动着,就像两个饱满的棕色蜜瓜。她趴在伦尼的肩膀上,双腿在空中疯狂踢动着,尖叫着。然后他们都笑起来,放慢了速度。伦尼试图隔着多琳的裙子咬她的屁股,而我赶在他们有下一步动作前走到门外,扶着栏杆几乎是滑下了楼。

直到摇摇晃晃地走到人行道上,我才意识到伦尼的公寓一直

1　1英里 ≈ 1609.34米。

开着空调。人行道积攒了一整天的沉闷暑气扑面而来，就像是最后一记羞辱似的。我根本找不到自己在世界上的位置。

一时之间，我还想着打车去参加派对，但想到舞会可能已经结束了，我便放弃了。我不想一个人待在空荡荡的舞厅里，与散落一地的五彩纸屑、烟头和皱巴巴的鸡尾酒餐巾为伴。

我用一根手指的指尖抵着左侧建筑的墙面，一边走一边稳住身体，就这样小心地走到最近的街角。我看了看路牌，然后从包里拿出纽约街道地图，四十三个街区后转弯，再走五个街区，我就能回到酒店。

走路从来难不倒我。找准方向以后，我一边低声数着经过的街区，一边往回走。走进酒店大堂时，我已经完全清醒了，只是脚有点肿，不过那是我自己的错，因为我没有穿袜子。

大堂没有什么人，只有一个夜班职员在灯火通明的隔间里打瞌睡，那里面放着很多钥匙和电话，很安静。

我溜进自动电梯，按下楼层按钮，门便像无声的手风琴一般合上了。我的耳朵变得有点奇怪，而且我注意到，一个眼周模糊、肤色蜡黄的大个子女人正白痴似的盯着我的脸。当然，那只可能是我。我被自己皱纹满面又狼狈不堪的样子吓到了。

过道里一个人都没有。我走进自己的房间，满屋子都是烟味。一开始我以为这烟雾是凭空出现的，意味着某种审判，然后我想起来这是多琳抽的烟，于是我按下了打开通风口的按钮。窗户是封住的，所以我并不能完全打开窗并探出身子，不知为何，这让我很生气。

我站在窗户的左侧，把脸颊贴在木制的窗框上，这样就能看见矗立在市中心、此刻正被黑暗笼罩的联合国大楼。很奇怪,联合国大楼就像一个绿色的火星蜂巢。我可以看到街上车流的红白光点,还有那些我不知道名字的桥上的灯光。

这种寂静让我觉得很压抑。这不是环境的寂静,而是我自己的沉寂。

我非常清楚,汽车行进有声音,车里的人、那些大楼灯火通明的窗户后面的人、穿行的河流都有声音,但我什么都听不到。这座城市悬挂在我的窗下,就像一张平铺的海报,闪闪发光,但想想它给我带来的好处,有它没它又有什么关系。

床头那台瓷白色的电话本来应该是我和外界联系的通道,但它只是待在那里,就像一个死人的头颅。我试着回想那些我给过电话号码的人,这样我就可以列出所有我可能接到的电话,但我能想到的只有巴迪·威拉德的妈妈,她说要把我的号码转交给一个她认识的在联合国工作的同声译员。

我发出一声低低的、干涩的笑。

我能想到威拉德夫人给我介绍的同声译员什么个样子,因为她一直想让我嫁给巴迪,而他正在纽约州北部的某个地方治疗结核病。那个夏天巴迪的妈妈甚至在结核病的疗养院给我安排了一份服务员的工作,以便我能陪着巴迪。她和巴迪都不明白我怎么就选择来了纽约。

橱柜上的镜子看着有点变形,而且太亮了。镜子里的脸看起来像牙医水银球里的映象。我想钻进被窝睡一觉,但这无异于把一封肮脏潦草的信装进一个干净的信封,所以我决定先洗个热水澡。

应该有不少事情是热水澡无法疗愈的，但我所知无几。每当我难过得快死了，紧张得睡不着，或者爱上一个很久无法相见的人，我总会萎靡不振，这时我就会对自己说："去洗个热水澡吧。"

我会在浴缸里冥想。水必须很热，热到我几乎无法下脚，然后我会一点点放低自己，直到水没到脖子。

我记得我舒展过四肢的每个浴缸上面的天花板。我记得天花板的质地、裂缝、颜色、潮湿的水迹和灯具。我也记得那些浴缸——格里芬腿古董浴缸和棺材形状的现代浴缸，还有俯瞰室内莲花池的花哨粉色大理石浴缸。我还记得那些水龙头的形状、大小，还有不同种类的肥皂架子。

泡热水澡时我最自在。

我躺在这家仅限女性入住的酒店十七楼的浴缸里，身下是喧嚣拥挤的纽约。将近一个小时之后，我觉得自己又变得纯洁了。我不相信洗礼、约旦河之水或类似的东西，但我猜我对热水澡的感觉和那些宗教人士对圣水的感觉是一样的。

我对自己说："多琳会溶解，伦尼·谢泼德会溶解，弗朗基会溶解，纽约会溶解，他们都会溶解，他们都不再重要了。我不认识他们，我从来不认识他们，我很纯洁。所有那些酒，我看到的那些黏糊糊的吻，还有回来路上落在我皮肤上的污垢，全都被净化了。"

我躺在热水里的时间越长，就感觉自己越纯净。当我终于起身，把自己包裹在一条又大又柔软的白色浴巾里时，我觉得自己干净甜美得像一个初生的婴儿。

我不知道自己睡了多久,直到听到敲门声。我一开始并不在意,因为敲门的人不停地说:"埃利,埃利,埃利,让我进去。"而我不认识什么埃利。随后,另一种敲门声取代了第一种沉闷碰撞的声音。那是一种尖锐的敲击声,另一个清脆得多的声音叫道:"格林伍德小姐,您朋友找您。"我才知道那是多琳。

我摇摇晃晃地爬起来,在黑暗的房间中晕眩了一会儿才站稳。多琳把我吵醒,这让我大为恼火,走出这个悲伤夜晚的唯一办法就是睡个好觉,她却把我叫醒,毁了我的美梦。我想如果我假装睡着了,敲门声可能就会停下来,还我安宁。我一直在等待,可就是没完没了。

"埃利,埃利,埃利,"第一个声音喃喃自语,而另一个声音继续咝咝作响,"格林伍德小姐,格林伍德小姐,格林伍德小姐。"好像我有人格分裂似的。

我打开门,眨着眼朝明亮的过道看去。我感觉外面不是晚上,也不是白天,好像日夜之间突然出现了某种可怕的第三时段,永远不会终止。

多琳靠着门框。我一出来,她就倒进我的怀里。我看不到她的脸,因为她的头正垂在胸前,僵硬的金发像草裙的边缘一样沿着深色的根部垂落下来。

我认出了另一个身穿黑色制服、嘴上有小胡子的矮个儿女人,她是夜班女佣,在我们这层楼一个拥挤的小隔间里熨日常裙装和晚礼服。我不明白她是怎么认识多琳的,或者她为什么要帮多琳叫醒我,而不是悄悄把她领回她自己的房间。

看到多琳安静地靠在我怀里,偶尔打几个湿漉漉的嗝,这女人便沿着走廊大步走向她的小隔间——那里面有老式"胜家牌"缝纫机和白色熨板。我想追上她,告诉她我和多琳没有关系,因为她看起来就像一个老派的欧洲移民一样严厉、勤奋和正直,让我想起了我的奥地利祖母。

"让我躺下,让我躺下,"多琳喃喃自语,"让我躺下,让我躺下。"

我琢磨着,如果我带多琳跨过门槛进入房间,扶她上床,我就永远也没法摆脱她了。

她整个人都靠在我的胳膊上,身体温暖而柔软,就像一摞枕头。她的脚上套着尖头高跟鞋,在地上拖行,看着很蠢。她对我来说太重了,我不可能把她拖过长长的过道。

我决定把她扔在地毯上,关上并锁好我的门,然后回床上睡觉。等多琳醒来,她不会记得发生了什么,只会认为是她自己在我们前失去了意识,而我当时正在睡觉。她会自己站起来,理智地回她的房间去。

我正把多琳轻轻放到过道的绿色地毯上,她低声呻吟了一声,隔着我的手臂倾身向前。一股褐色的呕吐物从她嘴里喷涌出来,在我脚下汇成一大摊。

多琳顿时变得更重了。她的头垂向那摊呕吐物,几缕金发沾了上去,跟沼泽里的树根似的。我发现她睡着了。于是我收回手,感觉自己也半睡半醒。

那天晚上,我做了一个有关多琳的决定——我还是会面对她,听她说话,但在内心深处我将和她毫无关系。我的内心会忠于贝齐和她纯洁的朋友们。贝齐才是能与我内心共鸣的人。

我悄悄回到房间，关上门，想想还是没有锁上。我没法让自己这么做。

第二天早上，我在沉闷的、没有阳光的暑热中醒来，穿好衣服，用冷水泼了脸，抹了点口红，然后慢慢打开房门。当时我仍然以为会看到多琳的身体躺在那摊呕吐物中，那是对我肮脏本性的一道见证，丑陋但又确凿无比。

过道里没有人。地毯从过道的一端一直延伸到另一端，十分干净，永远青翠，只有我门前有一块模糊的、形状不规则的污渍，仿佛有人不小心把一杯水洒在了那里，但又擦干了。

3

《淑女时代》的筵席上整齐摆放着一块块对半切开的黄绿色牛油果，里面塞满了蟹肉和蛋黄酱。桌上还有嫩嫩的烤牛肉和鸡肉冷盘，其间点缀着盛满黑鱼子酱的雕花玻璃碗。那天早上我没有时间去酒店的自助餐厅吃早餐，只喝了一杯煮过头的咖啡，那味道苦得我鼻子都皱了起来，所以，此刻我真的饿坏了。

到纽约之前，我从来没有在一家像样的餐厅吃过饭。霍华德·约翰逊餐馆那次不算，那次我不过和巴迪·威拉德之流一起吃了法式炸薯条、芝士汉堡和香草冰沙。不知道为什么，我对美食的喜爱远胜过其他东西。不管吃多少，我从来没有长胖过。除了一次例外，十年来我的体重一直没变过。

我最喜欢满是黄油、奶酪和酸奶油的料理。在纽约，我们有很多免费的午宴，来宾都是杂志社的人和各种应邀的名人。于是我养成了一个习惯，就是把那些巨幅的手写菜单都看上一遍——上面连一碟豌豆小菜都要五十或六十美分。然后，我会挑出最丰盛、最昂贵的菜品，点上一堆。

他们带我们出去的开销总是记公账，所以我从不感到内疚。

我特地吃得飞快,这样其他人就不用等我。为了减肥,她们通常只点主厨沙拉和葡萄柚果汁。我在纽约遇到的每个人几乎都在减肥。

"让我们欢迎几位最漂亮聪明的年轻女士,今天我们终于有幸见到她们,"胖乎乎的秃顶司仪喘着气,对着衣领麦克风说道,"我们的美食实验厨房特地准备了这次宴席,欢迎各位光临。"

一阵矜持的、符合淑女身份的掌声响起。我们都在铺着亚麻桌布的大型餐桌旁坐下来。

从杂志社来的女孩加上我一共十一个,我们的指导编辑也大都到了。在场的还有整个《淑女时代》美食实验厨房的员工,她们都穿着白色的工作服,戴着整齐的发网,化着蜜桃派色系的完美妆容。

我们只有十一个人,因为多琳没来。不知道为什么,她的位置被安排在我旁边,那把椅子一直空着。我帮她把座位牌收下了——那是一面袖珍镜子,上面有"多琳"字样的花边字体,边缘是一圈冻干的雏菊,包裹着中间的银色镜面。她的脸本该映射在这面镜子里。

这天多琳和伦尼·谢泼德待在一起。她的大部分空闲时间都是和伦尼·谢泼德一起过的。

《淑女时代》是一本女性杂志,以横跨两版的特艺[1]彩色印片美食报道为特色,每月的品鉴主题和地点都不一样。午宴前一个小时,我们被带着参观了一个又一个锃光瓦亮的厨房,看人在耀

---

1 特艺彩色技术(TECHNICOLOR):十九世纪二十年代由美国特艺公司研发,后广泛应用于好莱坞彩色影片。

眼的灯光下拍摄加冰激凌的苹果派。真的很难。因为冰激凌不断融化,必须用牙签从后面撑起来,到化得太厉害的时候还得再换新的。

那些厨房里摆满了各色美食,让我眼花缭乱。并不是我在家里吃不饱,只是我祖母总喜欢买很便宜的关节肉和肉饼,而且总是在我吃第一口的时候说:"我希望你喜欢,每磅肉要四十一美分。"这话总让我觉得自己是在吃美分,而不是周日烤肉大餐。[1]

当我们站在椅子后面听欢迎词的时候,我已经低下头偷偷锁定鱼子酱的位置——有一碗放在了我和多琳的空椅子之间,这个位置很巧妙。

我琢磨着,对面的女孩够不到这碗鱼子酱,因为中间隔着桌上堆成小山的水果杏仁糖。而贝齐,她在我的右边,如果我一直用手肘隔开,让鱼子酱靠近我装面包和黄油的碟子,她肯定也不好意思跟我抢吧。除此之外,还有一碗鱼子酱,就在贝齐旁边那女孩右边一点的地方,她可以吃那一碗。

我和祖父之间有一个常开的玩笑。他是我老家附近一家乡村俱乐部的服务员领班,每周日我祖母都会开车接他回家过周一的休假日,我和弟弟轮流陪她一起去。我祖父总是带周日大餐给祖母和她的小跟班,仿佛我和弟弟也是俱乐部的常客。他喜欢给我介绍一些特别的小吃,以至于我才九岁,就已经成了奶油土豆冷汤、鱼子酱和凤尾鱼酱的狂热爱好者。

---

[1] 周日烤肉大餐:英国饮食传统,通常是烤牛肉,配上约克郡布丁、肉汁、蔬菜汤和土豆泥一起吃。工业时代,几乎每个家庭都会在去教堂之前先把肉烤上,做完礼拜之后吃,这是他们一周最重要的一餐。

我们常开的玩笑是，在我的婚礼上，祖父会带很多鱼子酱给我，直到我吃不下为止。这只是个玩笑，因为我从来没有打算结婚。即使我结婚了，祖父也买不起那么多鱼子酱，除非他去抢乡村俱乐部的厨房，把鱼子酱都藏在手提箱里带出来。

在水杯、银器和骨瓷餐具叮叮当当的掩护下，我在盘子里铺满鸡肉薄片，再刷上厚厚的鱼子酱，就像把花生酱涂在面包上一样。然后我把这些薄片一片片捏起来，卷成卷，以免鱼子酱漏出来。我就这么吃了下去。

曾有一段时间我纠结于宴会上吃什么该用哪个匙羹，但后来我发现，就算在餐桌上做错了什么，如果你表现得比较傲慢，好像完全知道并且认可自己在做的事，你就安全了，没有人会觉得你缺乏礼数或没有教养。他们只会觉得你很有创造力，有趣极了。

这个窍门我是在一次午餐时学会的，当时赛杰伊带我去见一位知名诗人，他穿着一件脏兮兮、皱巴巴的可怕棕色花呢外套，一条灰色裤子，还有一件红蓝格子开领毛线衫，坐在一个到处是喷泉和吊灯、非常正式的餐厅里，而那里的其他人都穿着深色西装和洁白无瑕的衬衫。

这位诗人一边用手指将沙拉一片一片地捏起来吃，一边和我谈论自然与艺术的对立。我无法把目光从那苍白粗短的手指上移开——那手指捏着一片湿漉漉的生菜，在诗人的嘴巴和沙拉碗之间来回移动。没有人咯咯笑或低声做一些粗鲁的评论。这位诗人好像让"用手捏沙拉吃"变成了唯一自然且合理的吃法。

没有任何一位我们的杂志编辑或《淑女时代》的工作人员坐

在我附近，贝齐甜美友善，她看起来甚至都不喜欢鱼子酱，于是我安下心来，吃完第一碟鱼子酱鸡肉冷盘后，我又拿了一碟。之后，我开始对付牛油果和蟹肉沙拉。

牛油果是我最喜欢的水果。过去每周日祖父都会给我带一颗牛油果，就藏在他的公文包底部，盖在六件脏衬衫和周日漫画下面。是他教会我吃牛油果——在平底锅里融化葡萄果冻和法式调味汁，再用这深红色的酱汁填满挖空的牛油果杯。我想念那时的酱汁了。相比之下，桌上的蟹肉显得很乏味。

"皮草秀怎么样？"我问贝齐。彼时我已不再担心有人抢走鱼子酱。我用汤匙把最后几颗咸味的黑鱼子刮出来，舔了个干净。

"太棒了，"贝齐笑了，"他们教我们怎么用貂尾和金链子做一条百搭的围巾，花一美元九十八美分就能在伍尔沃斯百货买到那种链子的仿制品。那场秀之后希尔达马上去了毛皮批发市场，用很便宜的价钱买了一把貂皮尾巴，还顺便去了伍尔沃斯，上公交车的时候就把链子跟貂尾接起来了。"

我瞥向希尔达，她就坐在贝齐的另一侧。果然，她戴着一条看起来很贵的围巾，那是几条毛茸茸的尾巴做的，一条垂挂的镀金链子把它们系在了一侧。

我从来没有真正了解过希尔达。她六英尺高，有一双很大但微微歪斜的绿眼睛、厚厚的红唇，表情空洞，跟斯拉夫人似的。她会做帽子，受时尚编辑指导，有别于文学方向的学生，比如多琳、贝齐和我。我们都为专栏供稿，尽管有些只是保健和美容专栏。我不知道希尔达识不识字，但她做的帽子的确是一绝。她在纽约的一所学校学习怎么制帽,每天都戴一顶新帽子上班。这些帽子有的用稻秆碎制成,有的用毛皮、丝带或薄纱制成,配色难以捉摸,又与众不同。

"太棒了,"我回答道,"太棒了。"我想念多琳,看到希尔达神奇的皮毛配饰,她一定会低声跟我说些既精妙又尖刻的评论,让我提起兴致。

我感到非常低落。当天早上我才被赛杰伊揭露了真面目,这会儿我感觉那些令人不快的自我怀疑都在变成现实,而且我没法再隐瞒下去了。前十九年我都在追求这样那样的分数、奖学金和助学金,而如今我泄了气,步子慢了下来,眼看着就要退出赛道。

"你怎么没和我们一起去看皮草秀?"贝齐问道。她好像问过这个问题,而且就在一分钟前,只是我没有一直在听。"你和多琳出去了吗?"

"没有,"我说,"我想去皮草秀的,但赛杰伊打电话让我去她办公室。"其实我说想去看秀是假的,但我努力让自己相信这是真的,这样我就有理由解释赛杰伊给我带来的痛苦了。

我告诉了贝齐那天早上的事。当时我躺在床上,计划要去看皮草秀。我没告诉她多琳早些时候进来找我,说:"你去看那种秀做什么,伦尼和我要去科尼岛,你为什么不一起来呢?伦尼可以帮你找个好玩伴。又是午宴,又是下午的电影首映式,够他们忙活的了,没人会注意到咱们。"

有一瞬间我确实心动了。那个秀肯定很没劲,而且我对皮草从来不感兴趣。最终我还是决定赖在床上,想睡多久就睡多久,然后去中央公园，在那个池塘里都是鸭子、到处光秃秃的荒野之地，找块草最长的地方，躺着过一天。

我告诉多琳，我不会参加皮草秀、午宴或电影首映式，但我也不会去科尼岛，我要待在床上。多琳离开后，我开始思考为什么我再也没法乖乖地做应该做的事，这让我很难过，也很疲惫。然后我又想为什么我不能尽情地做不应该做的事，就像多琳一样，这让我更加悲伤和疲倦。

不知道具体几点，我听到女孩们在过道里来来去去大声呼喊，准备去参加皮草秀，然后外面安静了下来，我仰面躺在床上，凝视着空无一物的白色天花板。寂静似乎越胀越大，我觉得自己的耳膜都要跟它一起胀破了。然后，电话响了。

我盯着电话看了一会儿。话筒在瓷白的机座上微微颤动，我确定它是真的响了。我想我可能是在某次舞会或派对上把电话号码给了某人，又忘了这件事。我拿起话筒，用一种沙哑的、温顺的声音应答起来。

"喂？"

"我是赛杰伊，"赛杰伊严厉的声音立刻响起，"我想问你今天是不是打算来办公室？"

我把自己埋进被窝里，不明白为什么赛杰伊会认为我要去办公室。我们每个人都有油印日程卡，用来记录我们的活动，而且白天我们经常会离开办公室去市中心参加活动。当然，有些活动是可以不去的。

一段相当长的停顿之后，我小心翼翼地说："我想着去参观皮草秀。"当然我根本没这么想过，但我想不出还能说什么。

"我告诉她我本来想去参加皮草秀,"我这么对贝齐说,"但她要我去办公室,因为她想和我谈谈,还有一些工作要做。"

"哦,哦!"贝齐同情地说。她一定看到了我的眼泪扑簌落在蛋白酥白兰地冰激凌上,否则她不会把自己没吃过的甜点推过来。我吃完自己那份之后,便开始心不在焉地吃她的甜点。我竟哭了,这让我有点尴尬,但这是真实的泪水。赛杰伊对我说了一些可怕的话。

当天上午十点左右,我脸色苍白地走进办公室,然后赛杰伊站起来,绕过她的桌子,关上了门。我坐在我工位前面的转椅上,正对着她,而她坐在她办公桌后面的转椅上,正对着我。窗台上摆满了盆栽,放在一层层架子上,就像在她背后搭起了一个热带花园。

"你对你的工作不感兴趣吗,埃斯特?"

"噢,我感兴趣的,感兴趣的,"我这么回道,"我很感兴趣。"我几乎要吼出来,似乎这样能显得更可信,但我控制住了自己。

从小到大我一直告诉自己,疯狂学习、阅读、写作和工作就是我想做的事,而且我确实也是这么做的。我一直做得很好,我得到了所有的 A,甚至到上大学时都没人能阻止我前进。

我曾是小镇《公报》的大学通讯记者、文学杂志的编辑和荣誉委员会的秘书——荣誉委员会是一个负责处理学术和社会性违纪及判罚的机构,很有名气。另外,学院里一个颇有名望的女教授兼诗人在帮我争取东部最大学校研究生院的名额,我有望获得全额奖学金，此时，我还在一家高知时尚杂志社最好的编辑手下学习，可我怎么却像一匹拉车的笨马一样犹豫不前？

"我对一切都很感兴趣。"这些话像许多木头做的假币一样，空洞地落在赛杰伊的桌子上。

"我很高兴，"赛杰伊有点尖刻地说，"你知道的，只要你撸起袖子好好干，这个月你可以在杂志社学到很多东西。在你之前来这里的那个女孩没有去过任何时装秀，但她从这个办公室出去后直接进了《时代》杂志。"

"我的天！"我继续死气沉沉地说，"那很快！"

"当然，你还有一年的大学时光，"赛杰伊的语气放缓了一点，"你对毕业后的生活有什么想法？"

我一直觉得我的计划是拿大笔奖学金进研究生院，或是拿助学金到欧洲各地学习，然后，我想我会成为一名教授，撰写诗集，并成为编辑之类的。通常这些计划我都能脱口而出。

"我还没想清楚。"我听到自己这么说。我很震惊，因为当我说出来的那一刻，我就知道自己真的是这么想的。

这话听起来是实话，我看出来了，就像有一个不起眼的人，在你家门口徘徊多年，然后突然走近，介绍自己是你真正的父亲，而且看起来真的和你很像，于是你知道他真的是你的父亲，而你一直认作父亲的人不过是个冒牌货。

"我还没想清楚。"

"你这样是不会有结果的。"赛杰伊停了一下，"你会哪些语言？"

"哦，我想我会读一点法语，而且我一直想学德语。"我一直跟别人说我想学德语，大概已经有五年了。

我母亲幼年时在美国说的是德语，她还因为这个在第一次世界大战期间被学校的孩子们扔石子。我父亲来自普鲁士黑暗的中心地带，一个令人躁狂抑郁的小村庄，讲德语，在我九岁时就去世了。当时我弟弟正在柏林参加国际生活实验[1]，能说一口地道的德语。

我没有告诉别人的是，每次我捧起一本德语词典或一本德语书，看到那些密密麻麻、黑色铁丝网似的字母，我的脑子就像蛤蜊一样闭上了。

"我一直觉得自己要从事出版业。"我试图找回一条线索，恢复原来聪明的"自我营销"话术，"我想我会向某家出版社提出申请。"

"你应该学会读法文和德文，"赛杰伊冷酷地说，"可能还要会其他几种语言——西班牙语和意大利语，会俄语更好。每年六月都有几百名女孩涌入纽约，以为自己能成为编辑。你需要展示普通人没有的技能，最好学点语言。"

我不忍心告诉赛杰伊，在我大四的课表上根本没有地方可以加语言课。当时我正在上一门教人独立思考的荣誉课程[2]，除了一门关于托尔斯泰和陀思妥耶夫斯基的课程和一个高级诗歌创作研讨会，我会把所有时间用来写一篇关于詹姆斯·乔伊斯作品某个晦涩主题的论文。我还没有决定写哪个主题，因为我还没来得及

---

1 国际生活实验：将高校学生送到国外学习和体验生活的项目，最早始于1932年。
2 荣誉课程：美国大学常见的专为优秀学生开设的课程。

读《芬尼根们的觉醒》[1];但我的教授对我的论文非常期待,还承诺会给我一些关于孪生子意象的线索。

"我会看看我能做什么,"我告诉赛杰伊,"我可能会去他们开的初级德语速成班,能一下满足两种需求。"我当时觉得我可能真的会这样做。我有办法说服班主任让我做一些不合常理的事情。她将我视作一种有趣的实验品。

物理和化学都是我的大学必修课。我已经修了植物学,并且做得很好,一整年都没有答错一道题。有一段时间我胡闹地想成为植物学家,研究非洲或南美热带雨林的野草,因为研究这种另类的东西可以获得大笔资助,比在意大利研究艺术或在英国研究英语申请补助要容易得多,毕竟没有那么多竞争者。

植物学很好,因为我喜欢把叶子剪下来,放在显微镜下,画面包霉菌和蕨类植物在繁殖周期的奇怪心形叶子,这对我来说极其真实。

上物理课的那天我就跟死了一样。

曼齐先生个子矮小、肤色黝黑、声音高昂但含混,穿着紧绷的蓝色西服,手里拿着一个小木球,站在全班同学面前。他把球放在一个陡峭的凹槽滑道上,让它滑到底部,然后开始说明以 a 代替加速度,以 t 代替时间,并突然在黑板上龙飞凤舞地写满字母、数字和等号,而我的大脑直接一片空白。

我把物理书带回宿舍。这是一本用多孔油印纸制成的大部头——四百页,没有图画或照片,只有图表和公式,封皮是砖

---

[1]《芬尼根们的觉醒》:爱尔兰作家詹姆斯·乔伊斯所著长篇小说,出版于1939年。

红色的硬纸板。这本书是曼齐先生用来给女大学生讲解物理的，如果对我们效果好的话，他会尝试把书出版。

总之，我学习这些公式，去上课，看球从滑道上滚下来，听上下课的铃声。到学期结束时，大多数女孩都没过，而我得了全A。我曾听到曼齐先生跟一群抱怨课程太难的女生说："不，不会太难，因为有一个女孩得了全A。""是谁？告诉我们。"她们这么问。但他摇摇头，什么也没说，只给了我一个温柔的、会心的微笑。

这就是我想逃掉下学期化学课的原因。我在物理上得了全A，但我也被吓坏了。学习物理让我觉得恶心。我无法忍受把所有东西都缩略成字母和数字。没有叶子形状，也没有叶子呼吸孔的放大图，更没有黑板上叶红素和叶黄素之类的迷人字眼，只有曼齐先生用特殊的红色粉笔写下的蝎形字母，它们挤在一起，组成一道道丑陋的公式。

我知道化学会更糟，因为我看到化学实验室挂着一张有九十种奇怪元素的大图表，所有完美的单词，如金、银、钴和铝，都被缩略为丑陋的符号，后面跟着不同的十进制数。如果还得再把这些东西塞进脑子，我会发疯的，这门课肯定过不了。我只是靠着可怕的意志力熬过了上半年。

所以我带着一个聪明的计划去找了我的班主任。

我的计划是，向她说明我需要时间参加一门莎士比亚的课程，因为我毕竟是英语专业的。她和我清楚我会在化学课上再次获得全A，所以我参加考试的意义何在？为什么我不能直接去旁听，全盘吸收，不再管什么分数和考试？这是一个优等生应得的荣誉，内容比形式更重要，而且我明明知道自己一定会得A，再计较分数就显得有点傻，不是吗？再说，学院刚刚为后面的班级取消了理科的必修课，我们是最后一个受旧制之苦的班级，这一点让我的计划更加有说服力。

曼齐先生完全同意我的计划。我认为有一点取悦了他，他觉得我非常喜欢他的课，我去上课不是因为学分和成绩之类的世俗追求，而是因为化学本身的纯粹之美。我觉得这一招非常巧妙，在转学莎士比亚之后也继续旁听化学课程，这其实没什么必要，但能显得我很不愿放弃化学课。

当然，如果我一开始没有拿到那个A，我的方案就永远不会成功。如果班主任知道我有多害怕和沮丧，以及我如何认真地考虑过一些孤注一掷的逃避方法——比如找个医生证明我不适合学习化学、公式让我头晕目眩等等——我相信她肯定连一分钟也不会听我说，而是无论如何都要让我去上课。

事情的后续是，教务委员会通过了我的申请，班主任后来告诉我，有几位教授很感动，认为这正是我走向学术成熟的一步。

当我想到那一年剩下的时间时，我就忍不住想笑。每周五次化学课，我一次也没错过。曼齐先生站在破旧得好像快要散架的圆形大阶梯教室里，将一个试管里的东西倒到另一个试管里，制造出蓝色的火焰、红色的耀斑和黄色的云团，而我对他的话充耳不闻，把他当作远处一只嗡嗡作响的蚊子，只坐在那里，一边欣赏明亮的光和彩色的火焰，一边写下一页又一页维拉内尔诗[1]和

---

1 维拉内尔诗：一种源自法国的古典诗歌形式，共十九行，由五节三行诗和一节四行诗组成，内有重复的叠句，具有较强的可吟诵性。

十四行诗。

曼齐先生时不时瞟我一眼,看到我在写字,便露出一个赞许的微笑。我猜,他以为我并不像其他女孩一样为了考试而记公式,只是因为他的讲解令人着迷,我便情不自禁地抄下来了。

4

我不知道为什么会在赛杰伊的办公室里想起成功逃避化学课的事情。

赛杰伊跟我说话的时候,我看到曼齐先生在她脑后稀薄的空气中显现出来,就像从帽子里变出来的东西一样。他的手里拿着小木球和一根试管。复活节假期的前一天,这根试管冒出一大团黄色烟雾,散发着臭鸡蛋的味道,把所有女孩和曼齐先生都逗乐了。

我对不起曼齐先生。我想手脚并用地爬到他面前,为自己曾经可鄙地欺骗过他道歉。

赛杰伊递给我一摞小说手稿,对我说话的语气也变得亲切多了。那个上午我都在读这些小说,并把我的想法打印在办公室间联络用的粉色便笺上,再送到贝齐跟的那位编辑的办公室,以便贝齐第二天能读到。赛杰伊不时打断我,给我一些实用性的指导或聊点闲言碎语。

那天中午赛杰伊要去和两位著名作家共进午餐。他们分别是一男一女。男作家刚刚卖了六部短篇小说给《纽约客》,还有六部卖给了赛杰伊。这让我很吃惊,因为我不知道杂志社一下子买了六部小说,一想到六部小说可能带来的稿费,我就惊呆了。赛杰伊说这顿午餐她须得小心对待,因为那位女作家也写了些小说,但她还没有在《纽约客》出版过,而且过去五年间赛杰伊也只从她那里拿过一部小说。赛杰伊需要奉承那个更有名望的男作家,同时要避免伤害那个名气稍逊的女作家。

当赛杰伊法国挂钟上的小天使上下摆动翅膀,将镀金小号放在唇边,一个接一个地吹出十二个音符时,她告诉我,我已经完成了这天的工作,可以去参加《淑女时代》的展示会、午宴和电影首映式了,但她希望第二天一大早就能见到我。

然后,她飞快地在淡紫色的衬衫外面套上一件西装外套,在头顶别上一顶带有仿丁香花装饰的帽子,在鼻子上简单扑了些粉,又调整了一下厚厚的眼镜。她看起来很可怕,但非常聪明。离开办公室时,她用一只戴着淡紫色手套的手拍了拍我的肩膀。

"不要让这个邪恶的城市压灭了你的志气。"

我静静在转椅上坐了几分钟,想着赛杰伊。我试着想象,如果我是著名编辑比·吉,又会是什么样子——我会坐在一个满是塑料盆栽和非洲紫罗兰的办公室里,我的秘书每天早上都得给花浇水。我希望有一个像赛杰伊这样的母亲,那我就知道该怎么做了。

我自己的母亲帮不上什么忙。自从我父亲去世后,我母亲就开始教人速记和打字,以此维持生活,但其实她讨厌速记,也恨没有留下一分钱就死了的父亲,因为他没有相信保险推销员说的话。她总是让我大学毕业后去学习速记,这样我除了大学学位,还能掌握一门实用的技能。"使徒们过去还卖帐篷呢。"她会说,"他们也得生活,就像我们一样。"

《淑女时代》的服务员收走我面前两个空了的冰激凌盘,放了一碗温水。我把手指浸进温暖的水里,然后用还相当干净的亚麻餐巾仔细擦拭每根手指。之后,我把餐巾折起来,放在我的双唇之间,仔细地印上去。我把餐巾纸放回桌子上,一个模糊的粉色唇印绽放在中央,就像一颗小小的心。

我想,我花了多长时间才学会这一套啊。

我第一次看到这种洗手钵是在我的资助人家里。奖学金办公室的那位满脸雀斑的娇小女士告诉我,我们学校有一个传统,如果奖学金的资助人还在世,就要写信感谢他们。

我拿的是菲洛梅娜·基尼的奖学金,她是一位富有的小说家,十九世纪初期就读于我的大学。她的处女作被改编成了一部由贝蒂·戴维斯主演的无声电影,还有一部广播连续剧当时仍在放映。她还活着,就住在离我祖父的乡村俱乐部不远的一座大宅子里。

于是我用煤黑色的墨水,在压印着红色学校抬头的灰色信纸上,写了一封长信给菲洛梅娜·基尼。我在信里描绘骑自行车上山时见到的秋叶纷飞的景象,并告诉她,比起乘公共汽车每天在家和市立大学之间往返,住在校园里多么幸福,所有的知识都触手可及,也许有一天我也能像她一样写出伟大的作品。

我在镇图书馆读到过基尼夫人的一本书 —— 不知为何,大学图书馆没有收藏她的作品 —— 这本书从头到尾都充斥着布满悬念的长问句:"伊夫琳能看出格拉迪丝认识罗杰吗?赫克托狂热地想知道答案。"还有,"当唐纳德得知埃尔斯那孩子和罗尔摩普太太藏在僻静的乡村农场时,他怎么还可能娶她?格里塞尔达问她那被笼罩在黯淡月光中的枕头。"这些书为菲洛梅娜·基尼赚了成百上千万美元。后来她告诉我,大学时期的她是很愚蠢的。

基尼夫人回了我的信,并邀请我去她家共进午餐。就是在那里,我第一次见到了洗手钵。

那水面上漂着几朵樱花,我想一定是某种清淡的日式餐后汤,便把它喝光了,连那些清脆的小花都没放过。基尼夫人什么也没说。直到很久以后,我跟一位在大学认识、刚入社交圈的名媛谈起这次午餐,才知道自己究竟做了什么。

当我们从《淑女时代》灯火通明的室内走出来时,街道灰蒙蒙的,笼着一层雨雾。这不是能把人冲洗干净的那种雨,而是我想象中在巴西才可能会下的雨。它的雨滴有咖啡碟那么大,直直从天而降,击打在滚烫的人行道上,咝咝作响,一股股热气就从反射着日光的黑色水泥地面上升起来。

我独自在中央公园度过一个下午的隐秘希望,被《淑女时代》那扇打蛋器一样的玻璃旋转门搅灭了。我快速穿过温热的雨幕,钻进出租车的后座——那就像一个昏暗、颤动的洞穴,与我一道的,有贝齐、希尔达和艾米丽·安·奥芬巴赫,一个把一头红发束成发髻,看起来一本正经的小个子女生,她的丈夫和三个孩子都在新泽西的蒂内克市。

电影很烂。主演里有一个可爱的金发女郎，看起来像琼·阿利森，但其实不是她；一个性感的黑发女郎，看起来像伊丽莎白·泰勒，但其实也不是她；还有两个宽肩膀的大个子白痴，他们的名字好像是里克和吉尔。

这是一部橄榄球爱情片，而且是特艺彩色电影。

我讨厌特艺彩色电影。这种电影里似乎每个人在每个新场景里都得换一件艳丽的衣服，像时装模特一样站着，周围要么有许多翠绿的树，要么是黄澄澄的麦子，要么是蔚蓝的海洋，朝着四面八方，一寸一寸地铺展开来。

电影的大部分场景发生在橄榄球场的看台上，两个穿着漂亮时装的女孩挥手欢呼，她们衣服翻领上的橙色菊花足有卷心菜那么大；还有在舞厅里，女孩们穿着《乱世佳人》里的那种裙子，带着约会对象奔跑着穿过人群，溜进化妆间，互相倾诉浓稠的情话，肉麻极了。

最后，我看出那个可爱的女郎将会和橄榄球英雄在一起，而另一位性感女郎终将只剩自己，因为那个名叫吉尔的男人想要的一直只是一个情妇而不是妻子，而且他已经买了一张去欧洲的单程票，正在收拾行囊。

大概就是这个时候，我开始感到有些异样。我环顾四周，每个人都全神贯注，一排排的脑袋前面是同样的银光，后面是同样的黑影，看起来完全就是一群白痴。

我觉得自己要吐了。不知道是这部糟糕的电影让我肚子疼了起来，还是我吃的鱼子酱有问题。

"我要回酒店了。"我在昏暗的环境中对贝齐耳语道。

贝齐正死死盯着屏幕。"你不舒服吗？"她低声说，嘴唇几乎没有动。

"是的，"我说，"我感觉糟透了。"

"我也是，我和你一起走。"

我们从座位上溜下来，一边说对不起，一边沿着那一排往外走。旁边座位上的人一边咕哝抱怨，发出嘘声，一边挪开雨靴和雨伞让我们过去。我尽量踩在他们的脚上，这样能让我忽略强烈的呕吐欲望。这种欲望在我面前迅速膨胀，以至于我无法看到周围的情况。

当我们走到街上时，温热的雨还在下，零零星星的，逐渐弱了。

贝齐看上去很可怕。血色从她的两颊消失了，那憔悴的脸在我面前摇晃，脸色发青，冷汗涟涟。我们几乎是摔进了一辆黄色格子出租车——当有人在路边考虑要不要打车的时候，那些出租车总是等在那里。等我们终于到酒店时，我已经吐了一次，贝齐吐了两次。

出租车司机每次冲过弯道都转得很急，我们先是被甩到后座的一侧，接着又被甩到另一侧。每次我们中有一个人犯恶心想吐，就会悄悄俯身，好像掉了什么东西，正把它从地板上捡起来一样，另一个人则会哼哼一声，假装在看窗外。

即便如此，出租车司机似乎还是发现了我们在做什么。

"嘿，"他一边抗议，一边开过一个刚转红灯的路口，"你们不能在我的出租车里这样做，最好下车，去街上吐。"

但我们什么也没说。我猜他也是觉得我们快到酒店了，所以直到车停在正门前,他才让我们下车。

来不及数钱,我们直接往出租车司机手里塞了一把硬币,又丢了几张面巾纸盖住车上的一团糟,便跑过大厅,一路冲进空荡荡的电梯。幸而那是一个人不多的时间点。贝齐在电梯里又犯了恶心,于是我扶着她的头,然后我也开始恶心,又轮到她扶着我的头。

通常在好好吐过一次以后,你马上就会感觉好受些。我们互相拥抱,跟对方说了再见,分别走向过道的两端,回各自的房间躺下。一起呕吐过的人最容易成为好朋友。

但是当我关上身后的门,脱掉衣服,强撑着爬上床的那一刻,我感觉前所未有地糟糕。我觉得我必须马上到卫生间去。于是我挣扎着穿上印着蓝色矢车菊的白色浴袍,跟跟跄跄地走到浴室。

贝齐已经在那里了。我能听到她在门后呻吟,于是我急忙绕过拐角去另一侧的浴室。走了那么远,我觉得自己简直要死了。

我坐在马桶上,头靠在洗脸盆的边缘,几乎把晚饭和内脏都一起泄光了。恶心感如巨浪般席卷了我。每一波浪潮之后,恶心都会暂时退去,我像一片湿透的叶子一样虚弱无力,浑身颤抖,然后,另一阵恶心又会在我体内升起。我脚下、头顶和四周都是白得晃眼的瓷砖,就像是一间训诫室,瓷砖不断向我挤压合拢,把我压成碎片。

我不知道我这样持续了多久。我一直开着冷水,还拔掉了洗手盆的塞子,这样任何经过的人都会以为我在洗衣服。后来,我觉得应该没事了,便整个人瘫在地板上,一动不动地躺着。

周围好像不再是夏天了。我能感觉到冬天的寒意让我的骨头战栗，牙齿打架，我把拽下来的那条白色浴巾垫在脑袋下面，浴巾如同雪堆一般，默然无情。

外面有人在拍打浴室的门，不管那人是谁，我都觉得这种行为是非常不礼貌的。他们可以像我一样，转角到另一间浴室，让我一个人安静地待着。但是那个人不停地捶门，求我让他们进来。我觉得这个声音似曾相识，有点像艾米丽·安·奥芬巴赫。

"等一下。"我回答道，声音像糖浆一样黏糊不清。

我振作起来，缓缓起身，第十次冲了马桶，把洗手盆擦干净，卷起毛巾，好让呕吐的污渍没那么明显。然后我打开门，一脚踩进过道。

我知道，如果我看着艾米丽·安或其他任何人，我一定会露馅，所以我呆滞地盯着过道尽头一扇虚影重重的窗户，把一只脚迈到另一只脚前面。

紧接着，我看到了某人的鞋子。

那是一双厚实的黑色皮鞋，皮都裂了，很旧，暗沉无光，鞋头上有扇形的小气孔，正对着我。这双鞋似乎立在一个坚硬的绿色平面上，我的右颧骨此时正贴着这个平面，疼得厉害。

我保持不动，等待一个信号，好让我知道接下来该做什么。在鞋的左边一点，我模模糊糊看到白色地面上有一堆蓝色矢车菊，这景象让我想哭——我看到的是我浴袍的袖子，而我的左手从袖子末端伸出来，像鳕鱼一样苍白。

"她现在没事了。"

这声音从我头顶很远的地方传来,听起来冷静理智。一开始我没觉得有什么不对,但仔细一想,我又觉得很奇怪。这是一个男人的声音,无论是白天还是黑夜,这家酒店都不允许任何男人进来。

"还有多少人?"这声音继续说。

我饶有兴趣地听着。我感觉地板非常坚固,知道我已经跌倒并且不可能再继续往下跌了,我反倒安心了些。

"我想,还有十一个。"一个女人的声音回答。我想她一定是那双黑鞋的主人。"我想还有十一个。"

"嗯,但是有一个人没去,所以还有十个。"

"好吧,你把这一位扶到床上,剩下的我来处理。"

我的右耳听到一阵空荡荡的砰砰声,越来越微弱。远处一扇门打开了,传来说话声和呻吟声,然后门又关上了。

有两只手伸到我的腋下,紧接着一个女人的声音:"来吧,来吧,亲爱的,我们就到了。"我感到自己被半抬起来,经过一扇扇门,最后来到一扇敞开的门,我们走了进去。

这女人把我床上的被单掀起来,帮我躺下,把被单盖到我的下巴处,转而在床边的扶手椅上坐下,用一只肉粉色的肥手当扇子扇,就这样休息了一会儿。她戴着一副金边眼镜,一顶白色护士帽。

"你是谁?"我用微弱的声音问道。

"我是酒店护士。"

"我怎么了?"

"你中毒了。"她简短地说。

"你们所有人都中毒了。我从来没有见过这样的事。这个病了,那个也病了,你们这些小姑娘都塞了什么进肚子里呀?"

"其他人也生病了吗?"我满怀希望地问道。

"你们所有人都生病了,"她饶有兴味地肯定道,"病猫一样,哭着要找妈妈。"

房间非常温柔地在我周围盘旋,好像椅子、桌子和墙壁都在同情我突然的虚弱,因而抑制着它们自身的重量。

"医生给你打了针,"护士在门口说,"你睡一觉吧。"

门在她身后关上了,就像一张白纸,然后一张更大的白纸出现在门的方向,我朝它挪了挪,笑着睡着了。

有人拿着一个白色的杯子站在我的枕头边。

"喝了这个。"她们说。

我摇摇头。枕头像稻草一样窸窣作响。

"喝了这个,你会感觉好点。"

一个厚实的白瓷杯被放到我的鼻子下面。在不知道是傍晚还是黎明的微弱光线中,我盯着那清澈的琥珀色液体。黄油块漂浮在上面,一股淡淡的鸡肉香味扑鼻而来。

我试探地把视线移到杯子后面的裙子上。"贝齐。"我叫道。

"不是贝齐,是我。"

我抬起眼睛,看到多琳脑袋的轮廓映在逐渐变白的窗户上,她的金发发梢映着光,拢在后面像一个金色的光圈。她的脸被阴影笼罩,看不清她的表情,但我能感觉到她的指尖流淌着一种老练的温柔。这个人可能是贝齐、我的母亲，抑或是身上有蕨类植物香气的护士。

我低下头，啜了一口肉汤。我想我的嘴一定是沙子做的。我喝了一口，然后又喝了一口，直到杯子空了。

我感到自己被净化了，变得圣洁，只待新生。

多琳把杯子放在窗沿上，又坐进扶手椅。我注意到她没有拿烟出来，她可是有烟瘾的，这让我很惊讶。

"喂，你差点死了。"她终于说道。

"我想是鱼子酱的问题。"

"鱼子酱没问题！是蟹肉。他们做了检测，里面都是尸毒。"

我的眼前出现了一个幻象，《淑女时代》那些神圣的白色厨房无限地延伸下去。我看到那些牛油果被一个接一个地塞满蟹肉和蛋黄酱，摆在明亮的灯光下拍照。精致的、粉色斑驳的蟹钳肉姿态诱人地突破蛋黄酱的包围，被盛在牛油果杯的摇篮里。杯体呈淡黄色，边缘则是鳄鱼皮的绿色。

尸毒。

"谁做了检测？"我想医生可能已经抽了别人的胃液，在酒店实验室里分析了他发现的东西。

"《淑女时代》那些糊涂虫呗。你们刚开始像保龄球瓶一样倒下的时候，就有人打电话到办公室，办公室于是打电话到《淑女时代》，他们便对午宴剩下的所有东西进行了检测。哈！"

"哈！"我干巴巴地应了声。多琳回来真是太好了。

"他们送了礼物，"她补充道，"就在外面过道的一个大纸箱里。"

"这么快就到了？"

"特快专递，你以为呢？他们可不能让你们跑出去说在《淑女时代》中毒了。如果你认识什么厉害的律师，可以告得他们一分不剩。"

"礼物是什么？"我开始觉得如果礼物足够好，我不会介意发生的事情，因为这事最终让我感觉自己变得纯洁了。

"还没有人打开过，她们都倒下了。我要把汤端给每个人，因为我是唯一一个还能站起来的，只是我先给你带了你这份。"

"看看礼物是什么。"我恳求道。然后我想起一件事，便说："我也有礼物给你。"

多琳走出去，进了过道。我听见她到处窸窸窣窣地忙了一阵，然后是撕纸的声音。终于，她带着一本厚厚的书回来了，这本书的封面是亮面的，上面印满了人名。

"《年度三十佳短篇小说》，"她把书扔到我腿上，"箱子里还有十一本。我想他们是觉得你可以在生病期间读一读。"她顿了一下，"我的礼物在哪里？"

我在手袋里摸索，把有多琳的名字和雏菊的镜子递给了她。多琳看着我，我看着她，我们都笑了起来。

"如果你想，也可以把我的汤喝了。"她说，"他们在托盘上错放了十二份汤，而我和伦尼在等雨停的时候吃了太多热狗，现在我一口也吃不下了。"

"那你拿来，"我说，"我饿死了。"

5

第二天早上七点,电话响了。

慢慢地,我从黑沉沉的睡梦中游了上来。我的镜子上已经贴了一张赛杰伊的电报,她告诉我不用勉强上班,好好休息一天,完全康复以后再去。赛杰伊还表示她为那些糟糕的蟹肉感到遗憾。所以,我想不到打电话过来的会是谁。

我伸手拽过电话机的手柄,把它挂在枕头上,这样话筒就靠在我的锁骨上,而听筒则靠在我的肩膀上。

"你好?"

一个男人的声音说:"是埃斯特·格林伍德小姐吗?"我听出了轻微的外国口音。

"是的。"我这么回答。

"我是康斯坦丁某某。"

我听不清他姓什么,里面全是"斯"和"克"。我不认识任何康斯坦丁,但我不忍心这么说。

然后我想起了威拉德夫人和她的同声译员。

"当然,当然!"我双手抓过电话,一边喊,一边坐起来。

没想到威拉德夫人会将我介绍给一个名叫康斯坦丁的人。

我总能认识一些名字古怪的男人。有一个叫苏格拉底，又高又丑，很有学问，是好莱坞某知名希腊电影制片人的儿子，但同时也是一个天主教徒，这就不妙了。除了苏格拉底，我在波士顿工商管理学院还认识一个名叫阿提拉的白俄罗斯人。

渐渐地，我意识到康斯坦丁想约我在当天晚些时候碰面。

"今天下午你想去看看联合国吗？"

"我已经看到了。"我一边告诉他，一边有点神经质地咯咯笑。

他似乎很窘迫。

"我可以从窗口看到它。"也许我的英语语速对他来说有点太快了。

一片静默。

然后他说："之后你也许愿意和我一起去吃点东西。"

我捕捉到了威拉德夫人常用的字眼，心一下子沉了下来。威拉德夫人总是请人吃东西。我记得这个人第一次来美国时是威拉德夫人家里的客人——威拉德夫人喜欢这么做：如果你向外国人敞开家门，那当你出国时，他们也会向你敞开家门。

我现在明白了，威拉德夫人只是用她在苏联的房子换了我在纽约的一顿饭。

"好的，我们一起吃点吧，"我僵硬地说，"你什么时候来？"

"我开车去，两点左右打电话给你。是亚马逊酒店，是吗？"

"是的。"

"啊，我知道在哪里。"

有那么一瞬间，我觉得他的语气充满了特殊意味，然后我想,在亚马逊酒店住的一些女孩可能在联合国做秘书,也许他曾一个个从这儿带出去过。我等他先挂了电话,之后我也挂了,躺回枕头上,感觉糟透了。

又来了,我总是因为一些平平无奇的小事,就开始幻想一个男人对我一见钟情的美妙场景,然而他不过是像完成任务一样带我看看联合国,之后再一起吃份三明治!

我努力提起兴致。

也许威拉德夫人的同声译员又矮又丑,我最终会像看不起巴迪·威拉德一样看不起他。这个想法给我带来了些许安慰。因为我确实看不起巴迪·威拉德,虽然每个人都认为,等他从结核病院出来,我就会嫁给他,但我很清楚,即使地球上只剩下他一个男人,我也永远不会嫁给他。

巴迪·威拉德是个伪君子。

当然,我一开始并不知道他是个伪君子。我以为他是我见过的最棒的男孩。在他还没有注意到我之前,我就远远地爱慕了他五年。之后我们还有过一段美好的时光,那时我仍然爱慕他,而他也开始注意到我了,但就在他对我的关注越来越多的时候,我碰巧发现他是一个多么可怕的伪君子,现在他想要我嫁给他,而我恨他入骨。

最糟糕的是我不能直截了当地告诉他我对他的看法,因为他在我开口之前就感染了肺结核,现在我不得不哄着他,直到他恢复健康,能够承受这不加掩饰的实话为止。

我决定不去楼下的自助餐厅吃早餐。吃早餐意味着要换衣服,如果你打算一早上都待在床上,换衣服有什么意义呢?我也可以打电话到楼下,让他们把早餐拿到我房间里来,但之后我就得给送早餐的人小费,而我不知道该给多少。在纽约为了给人小费,我曾有过一些非常令人不快的经历。

我刚到亚马逊酒店时,有个穿门童制服的矮个儿秃头男人帮我把行李箱提上电梯,替我开了房间门。我当然是立刻冲到窗前,向外张望,看看风景如何。过了一会儿,我发现这个门童一会儿拧开洗脸盆上的热水龙头,一会儿又换成冷水龙头,并说:"这是热水,这是冷水。"他还打开收音机,告诉我所有纽约电台的名字。我开始不安,于是背对着他,坚决地说:"谢谢你把我的行李拿进来。"

"谢谢,谢谢,谢谢。哈!"他用一种非常令人讨厌的讽刺语气说道。我还没来得及转身看看怎么回事,他就走了,还粗鲁地关上了身后的门。

后来,我跟多琳说起他的奇怪行为,她说:"你这个傻瓜,他想要小费。"

我问多琳应该给多少,她说至少给二十五美分,如果手提箱很重的话,就给三十五美分。其实我完全可以一个人把行李箱拎到房间里,只是门童似乎很想帮忙,我就让他这么做了。我以为这种服务是包在酒店房费里的。

我讨厌付钱让别人做我自己也能轻松做到的事,这让我忐忑不安。

多琳说小费一般给百分之十,但不知道为什么我从来没有恰好的零钱,如果给某人五十美分并说:"这里面的十五美分是给你的小费,请把剩下的三十五美分找给我。"那可太傻了。

我第一次在纽约坐出租车时,给了司机十美分的小费。车费是一美元,所以我以为十美分是完全正确的,于是我笑着,有些得意地给了司机一枚十美分硬币。但他只是把它放在掌心,一直瞪着它。当我跨出车门,想着我应该没有错拿成加币给他的时候,他开始大喊:"女士,我也得像你和其他人一样讨生活啊!"那声音大得让我害怕,于是我跑了起来。幸运的是,他在路口被红灯拦住了,否则他肯定会开车跟着我,继续用那种令人难堪的方式大喊大叫。

我问多琳这是怎么回事,她说从她上次到纽约以来,小费的百分比可能已经从百分之十升到百分之十五了。又或者,那个出租车司机是个特例,一个彻头彻尾的卑鄙小人。

我伸手去拿《淑女时代》的人送来的书。

一打开就有一张卡片掉了出来。卡片的封面是一只穿着花睡衣的贵宾犬,一脸忧伤地坐在篮子里,卡片的内侧则是这只贵宾犬趴在篮子里,带笑酣睡着,身上盖着一块刺绣的样品,上面写着:"多多休息,你会好起来的。"而卡片的底部则用淡紫色墨水写道:"早日康复!《淑女时代》你所有的好友敬上。"

我一篇接一篇地翻阅这些小说,最后看到一篇关于无花果树的故事。

这棵无花果树生长在一个犹太男人的家和一座女修道院之间的草坪上,犹太男人和一位深色皮肤的美丽修女都会去采摘成熟的无花果,他们总在树下相遇。有一天他们看到,在一根树枝上有个鸟巢,一颗蛋在里面孵化了。看着小鸟把蛋壳啄破爬出来,他们碰到了彼此的手背。自那以后，修女就再也没有出来和犹太男人一起摘无花果了。代替她的是一个脸色凶恶、信奉天主教的厨娘，她总是数男人摘了多少无花果，以确保他摘的没有她多，这让男人很生气。

我觉得这个故事很有意思，尤其是冬天无花果树被雪覆盖和春天树上结满绿色果实的部分。看到最后一页，我还意犹未尽，直想从那些黑色的印刷字之间爬进去，就像穿过栅栏一样，在那棵美丽青翠的无花果树下酣睡一场。

在我看来，巴迪·威拉德和我就像那个犹太男人和修女，当然我们不是犹太人或天主教徒，而是一位论派[1]。我们在自己想象的无花果树下相遇，只是我们看到的不是从蛋里孵出来的鸟，而是从女人身体里生产出来的婴儿，然后发生了某件糟糕的事情，我们随之分道扬镳。

当我孤独而虚弱地躺在酒店白色的床上时，我觉得我就在阿迪朗达克山的那家疗养院里。我真是糟透了。巴迪总在信里提起他最近读的诗作，说那位诗人同时也是一位医生，某位已逝的知名俄罗斯短篇小说家也当过医生，所以，也许医生和作家也可以处得很好。

在我们恋爱的那两年里，巴迪·威拉德可完全不是这个调调。我记得有一次他微笑着对我说："你知道什么是诗吗，埃斯特？"

"不知道，是什么？"我问道。

"一片尘埃。"他看起来非常自满于自己的比喻。而我只是

---

[1] 一位论派：产生于16—17世纪宗教改革运动，认为上帝只有一位，否认圣父圣子圣灵三位一体。

盯着他的金发、蓝眼睛和洁白的牙齿——他牙齿又长又白又结实——说道:"我想是的。"

直到整整一年后来到纽约市中心,我才终于想出对这句话的回答。

我花了很多时间想象与巴迪·威拉德的对话。他比我大几岁,而且非常严谨,总能说服别人。跟他在一起的时候,我必须努力保持自己的逻辑,以免被他带偏。

我脑海中的对话通常会重复这场实际发生过的对话的开头部分,但通常以我对他尖锐的回答结束,而不只是呆坐在那里说:"我想是的。"

我仰面躺在床上,想象巴迪说:"你知道什么是诗吗,埃斯特?"

"不知道,是什么?"我会这么回答。

"一片尘埃。"

就在他微笑并开始自以为是的时候,我会说:"你切开的尸体也是如此。你认为你正在治愈的人也是如此。它们都是尘埃。我认为一首好诗能留存的时间比一百个人加起来都长得多。"

当然,巴迪不会知道怎么反驳我说的话,因为我说的都是真的。人是由尘埃构成的,我看不出给这些尘埃治病会比写诗好哪怕一点,因为诗会留在人们心里,当他们不开心、生病或无法入睡时,他们还可以反复吟诵。

我的问题在于把巴迪·威拉德告诉我的一切都当作上帝认可的真实。我记得他第一次吻我的那个夜晚,那是在耶鲁大学的三年级舞会之后。

巴迪邀请我参加那个舞会的方式非常古怪。

圣诞假期的某一天,他突然出现在我家。当时他穿着一件厚厚的白色高领毛衣,看起来很帅,我几乎无法把目光从他身上移开。他说:"也许有一天我会路过你们大学,到时就去看看你,好吗?"

我大吃一惊。我只在我们都从学校回家的周日在教堂看到过巴迪,而且是远远地看,所以我不知道他为什么会跑来找我。他说,他是为了练习越野跑才从他家跑了两英里到我家来的。

当然,我们的母亲是好朋友。她们以前一起上学,然后都嫁给了她们的教授,并在同一个小镇定居下来。但巴迪总是不在家,他要么在秋天拿着奖学金去上预科学校,要么在夏天去蒙大拿治疗疱锈病挣钱,所以我们的母亲是老同学这一点真没起到什么作用。

在那次突如其来的到访之后,直到三月初一个晴朗的周六上午,我才跟巴迪联系上。彼时我正在大学宿舍里学习有关隐士彼得和赤贫者沃尔特[1]的内容,好为周一的十字军历史考试做准备,这时过道的电话响了。

通常过道的电话是大家轮流接听的,但由于我是那层楼所有大四学生中唯一的大一新生,所以大部分电话她们都让我去接。我等了一会儿,想看看有没有其他人去接。然后我意识到大家可能都去打壁球或者出去玩了,就自己接了。

"是你吗,埃斯特?"楼下值班的女孩说,我说是,她说:"有个男人找你。"

---

[1] 隐士彼得和赤贫者沃尔特:1096年第一次十字军东征第一支队伍"贫民十字军"的领导者。

听到这话我很惊讶,因为那一年我所有的相亲都没有结果,没有人打过第二次电话给我。我就没有一点好运气。我讨厌每周六晚上手心冒汗、满怀好奇地下楼,让某个大四学姐把我介绍给她姑姑最好朋友的儿子,然后看到一个脸色苍白、矮蘑菇似的相亲对象,对方还可能有招风耳、龅牙或者瘸腿。我不认为我只能和这样的人来往。毕竟,我并没有任何残疾,只是学习太刻苦,不知道什么时候该停下来。

于是,我梳了梳头发,补了点口红,拿上我的历史书——如果来人很糟糕,我还可以说自己正打算去图书馆——下楼去了。来人是巴迪·威拉德,他身穿卡其色拉链夹克、蓝色粗棉裤,略微磨损的灰色运动鞋,靠在邮递台上,朝我咧嘴一笑。

"我只是过来打个招呼。"他说。

我觉得莫名其妙,他从耶鲁大学一路赶来,甚至为了省钱搭别人的便车,只是为了打个招呼。

"嗨,"我说,"我们去门廊上坐坐吧。"

我想出去坐,是因为值班的女孩是一个爱管闲事的学姐,眼下她正好奇地打量着我。显然,她认为巴迪犯了一个大错。

我们并排坐在两张柳条摇椅上。外面日光明丽,没有风,有点热。

"我只能待几分钟。"巴迪说。

"噢,别这样,留下来吃午饭吧。"我说。

"噢,我不能。我是来这里和琼一起参加大二舞会的。"

我顿时觉得自己是天字第一号傻瓜。

"琼还好吗?"我冷冷问道。

琼·吉林是我们的同乡,跟我们去同一座教堂祷告。她比我早一年上大学,是个大人物——班长、物理学专业、大学曲棍球冠军。她那明亮的、鹅卵石色的眼睛,像墓碑石一样闪闪发光的牙齿和夹杂着喘气声的嗓音总是让我感到不适,而且她像马一样高大。我开始觉得巴迪的品位很差。

"噢,琼,"他说,"她两个月前就让我跟她参加这个舞会,她妈妈还问我妈妈能不能带她去,我能怎么办?"

"好吧,如果你不想带她去为什么要答应她呢?"我满怀恶意地问。

"噢,我喜欢琼。她从不在乎你是否在她身上花钱,而且她喜欢户外活动。上次她来耶鲁过周末,我们骑自行车去了东岩公园[1],她是唯一不用我帮着推车上山的女孩。琼很适合做玩伴。"

我忌妒得发冷。我从来没有去过耶鲁,耶鲁是我宿舍的学姐们周末最喜欢去的地方。我决定不对巴迪·威拉德抱任何期望。只要对别人没有期望,我就永远不会失望。

"那你最好去找琼,"我用一种就事论事的口吻说,"我的约会对象随时可能会到,看到我和你坐在一起会不高兴的。"

"约会对象?"巴迪看起来很惊讶,"是谁?"

"有两个,"我说,"隐士彼得和赤贫者沃尔特。"

巴迪没说话,我说:"那是他们的绰号。"然后我补充说:"他们是达特茅斯学院的。"

我猜巴迪没有读过多少历史,因为他的嘴僵硬了。他从柳条

---

[1] 东岩公园:位于纽黑文,围绕以"东岩"命名的山脉开发的自然公园。

摇椅上摇晃着站起来,而且很不必要地用力推了摇椅一把,然后他把一个印有耶鲁校徽的淡蓝色信封扔到我腿上。

"我本来想着如果你不在,就把这封信留给你。里面有一个问题,你可以写信回答。我现在不想问你这件事。"

巴迪走后,我拆开了信。那是一封邀请我参加耶鲁大三舞会的信。我惊讶地"咦"了几声,然后大喊着跑进了宿舍。"我去我去我去。"从有着明亮白色日光的门廊进去,里面看起来一片漆黑,我什么也看不清。我发现自己拥抱了当值的学姐,当听说我要去参加耶鲁大三舞会时,她惊奇且敬重地看着我。

奇怪的是,在那之后宿舍也发生了一些变化。我所在楼层的学姐们开始和我说话,也会时不时主动接电话,而且再也没有人在我门外大声地阴阳怪气,说某些人把头都埋进书里,浪费了学校的大好时光。

不过,舞会期间,巴迪一直把我当作朋友或堂妹对待。

我们跳舞的时候隔得老远,直到放《友谊天长地久》这首曲子时,他突然把下巴放在我的头顶,好像累坏了一样。之后,我们在漆黑的寒夜,伴着凌晨三点的冷风,非常缓慢地走了五英里,回到我暂住的房子。我睡在客厅里一张不够长的沙发上,每晚只需五十美分,而大多数有床的地方每晚都需要两美元。

我觉得沉闷乏味,满脑子都是破碎的幻象。

我曾想象巴迪会在那个周末爱上我,那样我便不必担心在那年剩下的周六晚上要做什么了。就在我们走到住所附近时,巴迪说:"我们去化学实验室吧。"

我吓了一跳:"化学实验室?"

"是的。"巴迪伸手握住我的手,"化学实验室后面的景色很美。"

诚然,化学实验室后面有一个小山丘,从那里可以看到纽黑文几座房子的灯光。

巴迪努力在坑坑洼洼的地面上站稳,而我佯装自己在欣赏景色。当他吻我的时候,我一直睁着眼睛,试着记住那些房子灯光的间距,这样我就永远不会忘记。

终于,巴迪往后退了一步。"哇!"他说。

"哇什么?"我惊讶地问。那是一个干巴巴、平平无奇的吻,我记得当时我只觉得太糟糕了,我俩的嘴都因为在冷风中走了五英里而干裂了。

"哇,亲你的感觉太棒了。"

我谦虚地不予置评。

"我猜你和很多男孩出去过吧。"巴迪说道。

"嗯,我想是的。"我想,这一年我肯定每周都和不同的男孩出去玩了。

"这样,我得花大部分时间学习。"

"我也是,"我急忙打断他,"毕竟我还得保住奖学金。"

"不过,我想我可以设法每隔两周的周末来看你一次。"

"那很好。"我几乎要晕倒了,很想回学校告诉大家这件事。

巴迪在房子的台阶前再次吻了我。第二年秋天,当他的医学院奖学金通过时,我没有去耶鲁,而是去医学院找了他,也是在那里我发现了他这些年来是如何愚弄我的。他真是个伪君子。

我是在我们看别人生孩子的那天发现的。

6

我一直恳求巴迪带我看些医院里真正有意思的地方,于是某个周五,我逃了一天课去找他,也是在那个长周末,他向我坦白了。

最开始,我穿着一件白大褂,坐在某个房间的高脚凳上,看巴迪和他的朋友们解剖四具尸体。这些尸体已经没有人样了,所以我一点也不害怕。它们皮肤僵硬,看着像皮革一样,呈紫黑色,而且散发出陈年泡菜的味道。

之后,巴迪把我带到一个大厅,那里摆着一些大玻璃瓶,里面都是死在母亲腹中的婴儿。第一个瓶子里的婴儿有一个白色的大脑袋,垂在蜷缩的、青蛙大小的身体上。下一个瓶子里的婴儿更大,再下一个婴儿又再大一点,到最后一个瓶子,那婴儿已经是正常大小,他似乎正看着我,露出小猪一样的憨笑。

我觉得自己真了不起,竟然能平静地盯着这些可怕的东西。我唯一一次跳起来,是在把手肘靠在巴迪负责的尸体肚子上,看他解剖肺的时候。看了一两分钟,我觉得肘部有一种灼热感,想到尸体还是温的,人可能还活着,便小小地惊呼一声,从凳子上跳了下来。之后巴迪解释说这种焦灼感来自酸洗液，我才又坐回原来的位置。

午饭前一小时，巴迪带我参加了一个关于镰状细胞性贫血和其他倒霉疾病的讲座，他们把病人用轮椅推到讲台上，问他们问题，然后又把他们推走，开始放彩色幻灯片。

我记得有一张幻灯片上是一个笑容灿烂的漂亮女孩，她的脸颊上有一颗黑痣。"那颗痣出现二十天后，女孩就死了。"医生这么一说，大家瞬间安静下来，然后铃声响了，所以我一直都不知道那颗痣是什么，也不知道女孩为什么会死。

当天下午我们去看了婴儿出生的过程。

我们先在医院走廊里找到一个装纺织品的柜子，巴迪从里面拿出一个白色口罩给我戴上，又拿了一些纱布。

一个又高又胖、个头像西德尼·格林斯垂特[1]一样魁梧的医学生，懒散地坐在附近，看着巴迪把纱布往我的头上缠，直到我的头发被完全遮住，只露出口罩上方的眼睛向外窥视。

这个医学生发出一声令人不快的窃笑。"至少还有你妈爱你。"他说。

我当时正想他怎么这么胖，一个男人，尤其是一个年轻男人这么胖该有多不幸，有哪个女人愿意忍受隔着那个大肚子亲吻他。因此我没有立即反应过来这个人是在侮辱我。等我意识到他一定自我感觉很良好，再想出一句类似"胖子才是只有妈妈爱"之类尖刻的话，他已经走了。

---

1 西德尼·格林斯垂特（1879—1954）：好莱坞演员，代表作《手足英雄》。

巴迪正在查看墙上一块奇怪的木牌，上面有一排洞，最开始是一枚硬币大小，到最后已经有一个餐盘那么大。

"不错。"他对我说，"这会儿正有一个人要生孩子。"

产房门口站着一个瘦削、驼背的医学生，是巴迪认识的人。

"你好，威尔，"巴迪说，"是谁负责这一个？"

"是我。"威尔沮丧地说，我注意到他惨白的高额头上挂着几滴汗珠，"是我，这是我的第一个。"

巴迪告诉我，威尔是三年级的，他必须接生八个孩子才能毕业。

接着，走道尽头有了不小的动静，几个穿浅绿色手术服、戴手术帽的男人和护士推着一辆担架车散乱无序地向我们走来，担架上鼓起了白色的一大块。

"你不应该看这个，"威尔在我耳边低语，"如果你看了，你就永远都不想生孩子了。他们不应该让女性看这种东西，会导致人类灭绝的。"

巴迪和我都笑了，然后巴迪握了握威尔的手，我们都进了房间。

他们把女人抬上产台，而我被眼前的景象惊呆了，一句话也说不出来。产台看起来像是一张可怕的刑台，一端是固定在半空的金属脚镣，另一端则是各种我分辨不清的仪器、电线和试管。

巴迪和我一起站在窗边，离这女人只有几英寸，是一个视野绝佳的位置。

女人的肚子挺得高高的，我根本看不到她的脸和上半身。她整个人好像只剩下一个硕大的、蜘蛛一样的肚子和两条丑陋细长的腿，而这两条腿正被架在那些高脚镫上。婴儿出生的整个过程中，她都在发出一种非人的惨叫，片刻未停。

后来，巴迪告诉我，这女人服用了一种药物，会让她忘记经历过的任何痛楚。当她咒骂和呻吟时，她其实不知道自己在做什么，因为她正处于一种半昏睡的状态。

我想这听起来就像男人会发明的药物。这女人处在极度的痛苦之中，而且她显然能感受到疼痛的每一分每一毫，否则她不会哀号成那样。但她一回到家，就又会接着怀下一个孩子，因为药物会让她忘记曾经历的痛楚。但一直以来，在她身体的某个隐秘之处，那条长长的、漆黑的、无门无窗的苦难甬道都等着开启，然后再度把她关在里面。

指导威尔的主治医生不停地对那个女人说："往下用力，托莫利洛夫人，往下用力，好姑娘，往下用力。"终于，我看到，在她两腿之间被剃光、因涂了消毒液而显得可怖的裂口处，一个黑乎乎、毛茸茸的东西出现了。

"是婴儿的头。"巴迪在女人的呻吟声中低声说。

不知道为什么，婴儿的头卡住了，医生告诉威尔，他必须开一个切口。于是我听到剪刀剪开女人皮肤的声音，仿佛那是块布似的。有血开始往下流，那是一种鲜亮慑人的红。突然，婴儿好像掉到了威尔的手中，皮肤呈蓝紫色，上面粘着一层白色的东西，还带着斑驳的血迹，威尔不停地说："婴儿要掉了，要掉了，要掉了。"他的声音里充满了恐惧。

"没事的。"医生说完便从威尔手中接过婴儿，开始按摩，然后婴儿皮肤上的蓝色消失了，婴儿像被抛弃了一样，开始嘶声大哭。我察觉那是一个男孩。

他做的第一件事就是往医生脸上撒尿。之后我跟巴迪说，我不明白婴儿为什么会那样做，他说这种事虽然不寻常，但也是可能发生的。

婴儿一出生，房间里的人就分成了两组，护士们在婴儿手腕上绑了一块狗牌似的金属牌，用一根棉签擦拭他的眼睛，并把他包起来，放进帆布边的婴儿床里，医生和威尔则开始用一根针和长线缝合女人的伤口。

我想当时有人说了一句："是个男孩，托莫利洛夫人。"但女人没有回答，也没有抬起头来。

"那么，你感觉怎么样？"当我们穿过绿油油的方形院子走向巴迪的房间时，他带着心满意足的表情问我。

"太棒了，"我说，"这种事我愿意每天都看。"

我不想问他是否还有其他生孩子的方法。不知道为什么，我觉得最重要的其实是亲眼看着婴儿从自己身体里出来，确保那是自己孩子。我觉得，如果无论如何都得忍受那种痛苦，还不如保持清醒。

在我之前的想象里，一切结束以后，我总是从分娩台上用胳膊肘撑起自己，头发垂到腰际。当然啦，我的脸上没有妆，被疼痛折磨得一片惨白，但仍微笑着，神采奕奕。我一边把手伸向我第一个正蹬着腿的小宝宝，一边喊宝宝的名字，什么名字都行。

"为什么他身上全是粉？"我没话找话地问道。巴迪告诉我那是保护婴儿皮肤的蜡状物质。

我们回到巴迪的房间——那简直就是一间僧侣的隐修室，

墙壁、床和地板都光秃秃的,桌上摆着《格雷氏解剖学》[1]和其他叫人毛骨悚然的厚书。巴迪点燃一支蜡烛,开了一瓶杜本内,然后我们并排躺在床上,巴迪啜饮着他的酒,而我则大声朗读"我从未去过的地方",还有我带去的书里面的其他诗句。

巴迪说,如果像我这样的女孩整天都埋头研究诗歌,那诗歌一定有什么特别之处,所以每次见面时,我都会给他读一些诗,告诉他我的理解。这是巴迪的主意。他总是会把我们周末要做的事提前安排好,这样我们就不会因为荒废了周末而悔恨。巴迪的父亲是一名教师,我觉得巴迪也很适合做老师,他总是喜欢跟我讲解一些东西,给我介绍新的知识。

我刚读完一首诗,他突然说:"埃斯特,你见过男人吗?"

他说这句话的方式让我一下子明白,他指的不是普通人或是男性这一群体,他指的是赤身裸体的男人。

"没有。"我说,"我只见过雕像。"

"那你不想看看我吗?"

我不知道该说什么。最近,我的母亲和祖母开始暗示我巴迪·威拉德是一个多么优秀、正派的男孩,又出身于一个多么优秀、正派的家庭。教堂的每个人都认为他是一个模范人物,不仅对父母和老一辈非常孝顺,而且如此矫健、英俊又聪明。

真的,所有人都跟我说巴迪多么优秀和正派,为了他这样的男孩,女孩应该洁身自好,所以对巴迪想做的事情,我根本没有联想到任何不好的地方。

---

[1]《格雷氏解剖学》:全名《亨利·格雷氏人体解剖学》(*Henry Gray's Anatomy of the Human Body*),出版于1858年,是解剖学经典名作。

"嗯,好吧,我应该想看吧。"我说。

我盯着巴迪,他拉开了斜纹裤的拉链,把裤子脱下来放在椅子上,然后他拉下内裤,那应该是尼龙渔网之类的款式。

"这种款式很凉快,"他解释道,"而且我妈妈说这种比较容易洗。"

他就这么站在我面前,我一直盯着他看。我唯一能想到的东西就是火鸡的脖子和砂囊,这让我非常泄气。

我什么也没说,这似乎伤了巴迪的心。"我想你应该习惯这样的我,"他说,"现在让我看看你吧。"

但我突然感觉在巴迪面前脱衣服就像在大学里拍形体照一样——你得赤条条地站在镜头前,心里清楚你的全裸照,包括全身和侧身,都会被收进学校体育馆的档案里,而且他们还会根据你的背有多直,把你编到A级、B级、C级或D级。

"哦,改天吧。"我说。

"好吧。"巴迪又穿上衣服。

我们拥抱亲吻了一会儿,我感觉好了一点。我喝了剩下的杜本内酒,盘腿坐在巴迪的床尾,并要了一把梳子,开始把头发梳到脸上,这样巴迪就看不见我的脸色了。然后我冷不防问他:"你有没有和别人发生过关系,巴迪?"

我不知道自己为什么会这么问,这句话直接从我嘴里蹦了出来。我从来没有想过巴迪·威拉德会和任何人有染。我以为他会说:"不,我一直洁身自好,等着和你这样纯真的处女结婚。"

但是巴迪什么也没说,他只是脸红了。

"那么,有过吗?"

"你指的是什么关系?"巴迪用一种空洞的声音问道。

"就是,你有没有和任何人上过床?"我保持着固定的频率,把头发梳到朝向巴迪的那一侧脸颊。我能感觉到纤细的发丝带着静电粘在我滚烫的脸上,我想喊:"停,停,不要告诉我,什么都不要说。"但我没有叫出来,我只是静静坐着。

"嗯,是的,我有过。"巴迪最后说。

我差点摔倒。自从那个晚上巴迪吻了我,还说我一定和很多男孩出去过,他一直让我觉得我比他更性感、更有经验,他所做的一切,比如拥抱、亲吻和抚摩,都是受我的影响不自觉做出来的,他只是情不自禁,并不知道这种冲动是怎么来的。

现在我明白了,一直以来他不过是在假装无邪。

"跟我说说。"我一遍又一遍、慢慢地梳理着头发,每梳一下都感觉到梳齿戳进我的脸颊里,"是谁?"

我没有发火,这似乎让巴迪松了一口气。他看上去甚至像卸下了一副担子,因为终于可以告诉别人他是怎么被诱惑的了。

当然,有人勾引了巴迪,不是他开的头,不能算是他的错。去年夏天,他在科德角的酒店帮工,有一个女服务员勾引了他。巴迪注意到她会用奇怪的眼神盯着他,而且会在杂乱的厨房里把她的乳房往他身上挤,终于有一天他问她是什么意思,她直视着他的眼睛说:"我想吃你。"

"需要撒上欧芹吗?"巴迪天真地笑了。

"不,"她说,"找个晚上。"

巴迪就这样失去了他的纯洁和童贞。

起初我以为他肯定只和女服务员睡过一次,但保险起见,我还是问了他一共有多少次，他说他记不清了，那个夏天，从那以后，他们每周都上床两三次。我将三乘以十得到三十，再也没法给他找任何借口了。

自那以后，我身体里的某一部分就结了冰。

回到大学以后，我开始到处问大四的女生，如果她们认识的一个男孩突然坦白他在某个夏天和某个放荡的女服务员睡了三十次，而且就发生在跟她们交往期间，她们会怎么做。这些前辈说，大多数男孩都是这样的，除非你们事先约好或者已经订婚，否则你不能太怪罪他们。

实际上，让我生气的并不是巴迪和某人上床了。我的意思是，我在书上读过各种各样的人睡在一起的事，如果是其他男孩，我只会追问他其中那些最有趣的细节，或者我可能会出去和别人也睡一觉，这样我们就扯平了，之后我就不会再想这件事了。

我无法忍受的是，巴迪假装我很性感，他很纯洁，而实际上他一直和那个不检点的女服务员有一腿，心里还指不定想着怎么当面嘲笑我呢。

"你妈妈对这个女服务员怎么看？"那个周末我是这么问巴迪的。

巴迪与他的母亲非常亲近，他总是引用她说过的关于男女关系的话。而我知道威拉德夫人对男女的童贞都相当执着，我第一次去她家吃晚饭时，她就给了我一个精明、探究的奇怪眼神，我知道她在分辨我是不是处女。

就像我想的那样，巴迪很尴尬。"妈妈问过我关于格拉迪丝的事。"他承认道。

"嗯,你说了什么?"

"我说格拉迪丝是单身,白人,二十一岁。"

我知道,巴迪永远不会为了我这样粗鲁地对他母亲说话。他总是学他母亲说的话,"男人想要的是伴侣,女人想要的是无限的安全感",还有"男人是指向未来的箭,女人是箭出发的地方",直听得我疲惫不堪。

每次我想争辩,巴迪就会说他母亲仍然能从他父亲那里得到快乐,这对于他们那个年龄的人来说不是很好吗,这就说明她对婚姻有着深刻的洞察。

好吧,我已经决定抛弃巴迪·威拉德,一劳永逸。我这么做不是因为他和那个女服务员睡过,而是因为他没有胆量向所有人承认这一点,并直面此事,接受这是他性格的一部分。这时过道的电话响了,有人用一种有些熟悉、毫无起伏的声音说:"找你的,埃斯特,波士顿打来的。"

我马上就知道一定是哪里出了问题,因为我在波士顿只认识巴迪,而他从来没有给我打过长途电话,因为打电话比写信贵得多。有一次,他有一封急信要给我,便在医学院的入口四处询问那个周末是否有人正好要开车到我的大学,果然有人顺路,于是他给了他们一张便条,我也在同一天拿到了它。他甚至连邮票都不用买。

电话那头正是巴迪。他告诉我,在秋季例行的胸片检查中,他确诊了肺结核。他将前往阿迪朗达克山区的一个结核病疗养院,学校会给他发放结核病医学生的补贴。然后他说我从上周末开始就没有写过信给他,他希望我们之间没有什么问题,还问我是否可以每周至少给他写一封信,并在圣诞放假时到疗养院去看望他。

我从未见巴迪如此沮丧。他一向自满于自己完美的健康状态,而且总是跟我说,我鼻窦堵塞无法呼吸的毛病是神经疾病。我觉得作为一名医生,他的这种态度是很奇怪的,也许他应该改学如何成为一名精神科医生,当然,这个想法我从来没有直白地告诉过他。

我告诉巴迪,对于他得结核病这件事,我感到非常遗憾,并答应会写信给他,但当我挂断电话时,我一点也不觉得遗憾,只感到一种奇妙的解脱。

像巴迪这种自视甚高的两面人,得肺结核就是他的报应。我还想到,现在我不必向学校的人宣布我已经和巴迪分手,更无须重新开始无聊的相亲,这简直太方便了。

我只是告诉大家,巴迪得了肺结核,而且我们实际上已经订婚了。这样一来,周六晚上我留在宿舍学习的时候,她们都对我非常友善,因为她们觉得我是如此勇敢,我这般埋头苦学,只是为了掩饰一颗破碎的心。

7

当然,康斯坦丁太矮了,但他也有独具魅力之处。他有一头浅棕色的头发,一双深蓝色的眼睛,总是一副积极向上、跃跃欲试的表情。他那晒黑的肤色和一口白牙,简直就跟美国人一样,但我一看就知道他不是美国人。他拥有我认识的所有美国人都没有的特质,那就是直觉。

康斯坦丁一开始就猜出我不是威拉德夫人的资助对象。我一会儿抬起眉毛,一会儿发出一两声干笑,很快,我们都说起威拉德夫人的不是来。我想,这位康斯坦丁先生不会介意我长得太高、不会说多种语言、从未去过欧洲,他会跳过这些东西,注视真正的我。

康斯坦丁开车把我带到联合国。他开一辆老旧的绿皮折篷车,棕色的皮椅已经开裂了,但坐着很舒服,而且他把折篷打开了。他说自己的褐色皮肤是打网球晒出来的。我们肩并肩在太阳底下沿着市区的街道飞驰,他拉过我的手,握紧了。我感到前所未有的快乐,上一次感受到这种愉悦,还是在九岁时,我父亲去世前的最后一个夏天,我和他一起在滚烫的白色沙滩上奔跑。

康斯坦丁和我坐在联合国的一间豪华会堂里，周围一片肃静，我们旁边是一位身材魁梧、素面朝天的苏联女孩，她跟康斯坦丁一样是一名同声译员。我还在那儿琢磨，九岁以后我就再也没有真正快乐过，这事我怎么才发现呢。

九岁以后，尽管母亲节衣缩食，让我参加了童子军、钢琴课、水彩课、舞蹈课和帆船夏令营，尽管每天吃早餐之前我都在晨雾中航行，吃着焦底的馅饼，迎接像放鞭炮一样、一个接一个、花样百出的小惊喜，尽管后来母亲还送我上了大学，但我从来没有真正开心过。

我盯着苏联女孩，她身穿双排扣灰色西装，正在用旁人听不懂的母语喋喋不休地翻译一个接一个的习语。康斯坦丁说这是最困难的部分，因为苏联人的习语和我们不同，而我真心希望自己能钻进她的身体，余生都能像这样，流利地说出一个又一个习语。这可能不会让我更快乐，但在我能够炫耀的诸多技能中再添上一项，也很不错。

接着，康斯坦丁、苏联女翻译，还有站在贴着各自标签的麦克风后面争论的那帮黑人、白人和黄种人，他们似乎都离我远去。我看到他们的嘴巴无声无息地上下开合，就像坐在一艘即将启航的轮船的甲板上，独留我搁浅在一片巨大的寂静之中。

我开始罗列所有我做不了的事。

首先是烹饪。

我的祖母和母亲都善于烹饪，以至于我全然依赖她们。她们总是尝试教我做这个菜那个菜的，而我只是站在一边，嘴里说着："好的，好的，我知道了。"但她们教的东西就像水一样从我脑子里流出去，然后我会把事情弄得一团糟，这样就没有人会叫我再做第二次了。

我想起乔迪，她是我大一期间最要好的女性朋友，也是唯一的朋友。有一天早上，她在她家给我做了炒蛋。那味道不太寻常，我问她是不是放了什么特别的东西，她说是芝士和蒜盐。我又问是谁教她的，她说没有其他人，都是她自己想出来的。当然，她是个动手能力很强的人，而且还是社会学专业的。

我也不会速记。

不会速记意味着我没法在大学毕业之后找到一份好工作。我的母亲总是跟我说没有人会招一个普普通通的英专生。但一个懂速记的英专生就另当别论，所有人都会抢着要。这种女性在所有前途无量的年轻男性面前都会大受欢迎，因为她能誊写出一封又一封激动人心的信件。

问题在于，我讨厌以任何方式服务男性的想法。我还希望向别人口述我那振奋人心的话语，让他们书写成信呢。而且，母亲给我看的速记教材里的那些字符，就像用 t 代表时间，用 s 代表总距离一样，令人生厌。

我的清单越列越长了。

我跳舞也很糟糕，唱歌总不在调上，我也没有平衡感。体美课上，每次我们做头顶着一本书走过一条窄木板的练习，我总是跌倒。我也不会骑马或是滑雪，尽管我最感兴趣的就是这两项运动，但它们都太贵了。我不会说德语，不会读希伯来语，也不会写中文。我甚至不知道，在我面前发言的那些联合国的男士，他们所代表的大多数地处偏僻的国家都在地图上的什么地方。

坐在这栋联合国建筑的隔音室里，旁边是网球打得不错，同传也做得极好的康斯坦丁，以及通晓众多习语的苏联女生，生平第一次，我觉得自己如此差劲。而问题是，其实我一直都很差劲，只是我从来没意识到这一点。

我唯一擅长的事就是考奖学金和拿奖状，而这种日子也快到头了。

我感觉自己就像一匹赛马，却置身于一个没有赛道的世界，又或是一个大学橄榄球冠军，突然发现自己西装革履，正要去华尔街上班。过去的荣光都微缩成了壁炉架子上的一个小小金杯，牌子上刻着一个日期，就像墓碑上的那种。

我看着我的生活，像故事里的绿色无花果树一样，不停分出新的枝丫。

每条枝丫的尖端都有一个奇妙的未来闪烁着向我示意，就像是一颗颗饱满的紫色无花果。有一颗果实代表的是丈夫、孩子和快乐的家，有一颗是一位著名的诗人，一颗是一位杰出的教授，一颗是比·吉，那位伟大的编辑，一颗是欧洲、非洲和南美洲，一颗是康斯坦丁、苏格拉底和阿提拉，还有其他名字奇怪职业另类的恋人，还有一颗，是一位奥运会女子组冠军。除了这些，上面还有很多其他果实，我只是分不清楚他们都代表着什么。

我看见自己就坐在这棵树分杈的地方，因为决定不了用哪颗果实饱腹，我快要饿死了。每一颗果实我都想要，然而选择其中一颗就意味着要失去所有其他的果实。我坐在那里，无法选择。就这样，这些果实慢慢萎缩、变黑，然后，一个接一个掉在地上，落在我的脚边。

康斯坦丁带我去的餐馆有一股药草、香料和酸奶油的味道。过去在纽约,我从来没有进过这样的餐馆。我只知道"汉堡天堂"那样的店,那里有巨大的汉堡、每日例汤,还有四种花式蛋糕,通常放在一个干净整洁的柜台上,对着一面光滑闪亮的长镜子。

我们走下七级台阶,在昏暗的光线中进入地下的餐厅。

烟灰色的墙面上铺满了旅游宣传海报,像是很多扇并排的落地窗,可以远眺瑞士的湖泊、日本的群山、非洲的草原。厚重积尘的瓶装蜡烛像是落了几个世纪的烛泪,红、蓝、青层层叠加成一种精致立体的织网,在每张桌子上投下一个光圈,而桌边宾客的脸庞在光影间浮动,闪烁着红光,像一簇簇火焰一样。

我不知道自己吃了什么,但第一口下肚以后,我感觉好了许多。我想,我所看见的幻象,那棵无花果树,还有那些饱满却渐渐枯萎落地的果实,也许是饥饿带来的空虚引起的。

康斯坦丁一直在往我们的玻璃杯里续酒,那是一种希腊甜葡萄酒,喝起来有松树皮的风味。我不由得告诉他,我要去学德语,去欧洲,成为像玛吉·希金斯[1]一样的记者。

酸奶和草莓果酱上来的时候,我的心情好得不得了,于是我决定放任康斯坦丁撩拨我。

自从巴迪·威拉德跟我说了那个女服务员的事之后,我一直在想,我应该找个人出去约会上床,但和巴迪上床可不算数,因

---

[1] 玛吉·希金斯(1922—1966):美国战地记者,因深入朝鲜战场采访而名声大振,撰写了《韩国战争》一书。并因此于1951年7月获得了普利策奖。

为在我之前他睡过一个人了,我得找除他以外的别的人。

唯一跟我讨论过"上床"这件事的人,是一个长着鹰钩鼻、脸色苦闷的南部男孩,他来自耶鲁。这个男孩在一个周末来到我的大学,却发现他的女友在前一天跟一个的士司机私奔了。因为这女孩跟我住在一起,而我是那个特别的夜晚唯一留在宿舍的人,安慰他就成了我的义务。

在附近的一家咖啡馆,我们俩缩在一个隐秘的、高靠背的雅座里,木板上刻着好几百个人的名字。我们一杯接一杯地喝着黑咖啡,毫无保留地聊着关于性的话题。

这个叫埃里克的男孩说,他觉得我大学里的那些女生很恶心。她们站在门廊边的灯下和灌木丛里视野开阔的地方,在凌晨一点的宵禁之前和人搂着脖子疯狂接吻,好让所有路过的人都能看见。"经历了一百万年的进化,我们变成了什么呢?"埃里克苦涩地说,"还是动物。"

然后埃里克跟我描述了他第一次和女人上床的经历。

他就读于南方一所专门培养全能绅士的预备学校。那里有一条不成文的规定,到毕业时,每个学生必须"结识"一个女人。埃里克说,这个"结识"就是《圣经》里的意思[1]。

于是,某个周六,埃里克和他的几个同学乘巴士到最近的市区,光顾了一家臭名昭著的妓院。埃里克叫的妓女在做那事的时候甚至都没有脱下她的裙子。那是个肥胖的中年女人,一头干枯的红发,嘴唇厚得不可思议,青黑的皮肤像老鼠一样。她不愿意

---

[1] 《圣经》里的"结识某人"(know someone)有"与某人发生性关系"的意思。

关灯,于是他在一个落满苍蝇的二十五瓦灯泡下把事办了。这件事根本不像别人吹嘘的那么有趣,简直就跟上厕所一样无聊。

我说,如果是和你爱的女人一起,这事应该就不会这么无聊了。但埃里克说,一旦想到这个女人也跟其他人一样只是动物,做这事也是毫无乐趣。所以,如果他爱一个女人,就永远不会和她上床。如果有需要,他宁愿去找妓女,也要让他爱的女人远离那些腌臜的勾当。

当时我的脑海里闪过一个念头。埃里克可能是一个适合上床的好对象,因为他已经做过了,而且他谈起这件事来不像寻常男孩那样肮脏或愚蠢。但后来埃里克给我写了一封信,说他觉得自己可能真的会爱上我,我是如此聪明、愤世嫉俗,却有着如此亲切的一张脸,出奇地像他的姐姐。于是我知道完了,我是他永远不会上床的类型。我回信告诉他,很不幸,我要嫁给青梅竹马的玩伴了。

在纽约和一个同声译员发生一场艳遇这种事,我越想越觉得有趣。康斯坦丁在各方面都显得成熟而体贴。大学男生喜欢向他们的室友或篮球队队友吹嘘他们怎么在汽车后座和女生睡觉,而我不认识任何他可能与之吹嘘的对象。而且,和威拉德夫人介绍给我的男人上床会产生一种令人愉快的讽刺感,要怪起来,她多少也得担点责任。

当康斯坦丁问我是否愿意去他的公寓听三角琴[1]唱片时,我

---

[1] 三角琴:俄罗斯民族乐器,因琴身主体呈三角形而得名。

暗自笑了。我母亲总是叮嘱我，晚上出去约会的时候，无论如何都不能跟一个男人去他的房间，因为这只意味着要做那件事。

"我很喜欢听三角琴。"我答道。

康斯坦丁的房间有一个阳台，从上面可以俯瞰河流，我们可以听到黑暗中人们拖船的呼喊声。我深受触动，心底一片柔软，对我接下来要做的事没有一丝犹豫。

我知道我可能会怀孕，但这个想法只在我的脑海深处呈现出一个模糊的轮廓，一点也没有影响到我。没有什么办法可以确保女性不怀孕，这是《读者文摘》的一篇文章里写的，文章出自一位已婚已育的女律师之手，标题是《捍卫贞操》。母亲把它剪了下来，寄来学校给我看。

这篇文章罗列了种种理由，说明女性应该仅与其丈夫且仅在婚后发生性行为。

文章的主要观点是，男人与女人的世界不同，二者的情感也不同，只有婚姻才能将两个世界和两种情感正确地结合在一起。母亲说女孩子总是不听教，之后才发现为时已晚，所以要听专家的建议，比如已婚妇女的忠告。

这位女律师说，最好的男人都会为妻子洁身自好，但即使他们不纯洁，他们也想做那个给妻子传授性经验的人。当然，他们会试图说服一个女人与之发生性关系并承诺以后会娶她，可一旦她屈服，他们就不会再尊重她，还会说，既然她接受了他们，她也会接受其他男人，最终他们只会让她的人生变得悲惨。

文章的最后，女律师表示，保护自己好过遗憾终生，更何况，你无法完全避免怀孕，如果真的有了孩子，你就真的被困住了。

我觉得这篇文章唯一没有考虑到的就是女孩自身的想法。

洁身自好并嫁给一个同样纯洁的男人可能很不错，但如果这个男人在婚后突然坦白他并不纯洁，就像巴迪·威拉德一样呢？我无法接受这种要求，女人必须一辈子保持纯洁，而男人却可以一面纯洁，一面放荡。

最后我决定，既然找一个热忱聪明，并且到二十一岁仍然纯洁的男人这么困难，我还不如也放弃自己的清白，嫁给一个同样不清白的对象。这样一来，当他毁掉我的人生的时候，我也能毁了他的人生。

我十九岁时觉得，清白是最重要的事。

我看待世界的方式，不是把人区分成天主教徒和清教徒，共和党人和民主党人，白人和黑人，或是男人和女人，而是分成跟人上过床的人和没上过床的人，这似乎就是人与人之间唯一重要的区别。

我想，有一天当我越过这条界线，我的身上将会发生巨大的改变。

我想，如果去过欧洲，我说不定就会发生这样的改变。等我从欧洲旅行回来，照镜子的时候，我可能会在自己的眼睛深处看到一座小小的白色阿尔卑斯山。眼下，等我明天回去对镜而视，我想我会看到洋娃娃大小的康斯坦丁坐在我的眼睛里，冲着我笑。

总之，在康斯坦丁的阳台上，我们待了大约一小时。我们一人占一把躺椅，留声机缓缓转动，三角琴的唱片堆叠在我们之间，微弱的乳白色光辉罩在我们身上，或许是街灯，或许是云层中露出的一半的月亮，或许是川行的车辆，又或许是星星漫射的光线，我无法分辨。除了握住我的手以外，康斯坦丁没有表现出一丁点儿想勾引我的意图。

我问他是否已经订婚或有了女朋友，想着这就是问题所在。他说没有，还强调自己特别注意规避不清不楚的关系。

后来，我感到一股强烈的倦意流过血管，是我喝下的那些松皮味的酒起作用了。

"我想进去躺一会儿。"我说。

我信步走进卧室，弯下腰脱我的鞋子。那张干净的床就像一艘安全的船一样在我眼前晃动。我躺上去，将身体完全舒展开，闭上了眼睛。然后我听到康斯坦丁叹了口气，从阳台走了进来。他的鞋子一只接一只地落在地板上，发出沉闷的响声，然后他在我身边躺了下来。

我透过一绺垂落的头发偷偷盯着他看。

他仰面躺着，双手枕在脑后，盯着天花板，那洗得发白的衬衫袖子卷到手肘处，在昏暗的环境中闪烁着诡异的光芒，被日光浴晒成的古铜色肌肤，看起来几乎是黑色的。我想他一定是我见过的最漂亮的男人。

我想，如果我有一张骨骼精致、匀称的脸，对政治有更敏锐的见解，或者是一个著名作家，康斯坦丁可能会觉得我很不错，愿意和我上床。

然后我又想，如果他喜欢上我，他会不会就变得俗不可耐；如果他爱上我，我会不会变得吹毛求疵，就像我对待巴迪·威拉德和之前的其他男孩那样。

同样的事发生了一遍又一遍——在远处看觉得完美无瑕的一个人，一旦靠近，我马上就会发现他根本不行。

这也是我永远不想结婚的原因之一。我最不想要的就是"无限的安全感"和成为"箭射出的地方"。我想要改变和刺激，想自己成为那支箭，随心所欲地射向任何方向，就像从七月四日独立日火箭中射出的彩箭一样[1]。

我在雨声中醒来。

周围一片漆黑。过了一会儿，我辨认出一扇窗户模糊的轮廓——那不是我熟悉的窗户。时不时有一道光柱划破稀薄的空气，像幽灵的手指一样摸索着墙面，横贯而过，又落入虚无。

然后我听到人的呼吸声。

起初，我以为这是我自己的呼吸声，在食物中毒以后，躺在漆黑的酒店房间里。我屏住气息，但呼吸声还在继续。

在我旁边的位置，一只绿色的眼睛闪闪发光。绿眼睛像指南针一样分成四等份。我慢慢地伸出手，握住它，把它提起来。后面跟着一只手臂，沉得像死人的手一样，却带着熟睡者的体温。

康斯坦丁的手表显示那会儿是凌晨三点。

他还穿着衬衫、裤子、袜子，跟我入睡前看到的一模一样。随着眼睛慢慢适应黑暗，我认出了他苍白的眼皮和挺直的鼻子，还有他包容的、形状姣好的嘴巴，但它们看着不像实体，像雾里描画出来的一样。我支起身子，盯着他研究了几分钟。我以前从

---

[1] 7月4日是美国的独立日，庆祝1776年签署《独立宣言》的周年纪念日，彩色火箭是这一节日特有的手工装饰品。

来没有在男人身边睡过觉。

我试着想象,如果康斯坦丁是我的丈夫,一切会是什么样。

那意味着我要七点起床,给他准备鸡蛋、培根、吐司和咖啡。他去上班之后,我就穿着睡袍,戴着满头卷发棒,磨磨蹭蹭地给他洗脏盘子、铺床。在度过忙碌充实的一天后,回到家,他一定期待一顿丰盛的晚餐,也就是说整个晚上我还要洗更多的脏盘子,直到筋疲力尽地倒在床上为止。

对于一个连续十五年拿 A 的女孩来说,这种生活沉闷无趣,不啻一种浪费。但我知道,这就是婚姻,因为巴迪·威拉德的母亲就是从早到晚做饭、打扫、洗衣服,而且她还是一个大学教授的妻子,自己还曾是私立学校的老师。

有一次我去巴迪家,恰好看见威拉德夫人用威拉德先生旧西装上的羊毛条编织了一条毯子。她花了好几个星期编这条毯子,我很喜欢上面棕色、绿色和蓝色粗花呢的图样,但是毯子编好之后她却没有像我以为的那样把它挂在墙上,而是用它替换了厨房原来的地毯。没过几天,毯子就变得又脏又暗,和平价商店卖的任何地毡毫无差别。

而且我知道,甭管一个男人在娶一个女人之前会为她奉上多少玫瑰,献上多少亲吻,安排多少烛光晚餐,婚礼一结束,他心里最想要的,就是让她像威拉德夫人的厨房地毯一样躺平在他的脚下。

难道母亲没有告诉我,她和父亲一离开里诺[1]去度蜜月——

---

[1] 里诺:美国著名离婚城市。

父亲以前结过婚,所以他需要先离婚——父亲就对她说:"哇,真是解脱,现在我们可以停止伪装,做我们自己了吗?"从那天起,母亲再也没有过片刻安宁。

我还记得巴迪·威拉德用一种阴险、笃定的语气说,有了孩子后我的想法就会改变,不会再想着写诗了。于是我开始想,也许结婚生子真的就像一场洗脑手术,手术之后你会变得麻木,就像生活在某个极权主义国家的奴隶一样。

我低头凝视着康斯坦丁,就像凝视深井底部一颗明亮的、难以触及的鹅卵石,这时他抬起眼皮,睡眼惺忪地看向我,眼睛里充满了爱意。我无言地看着他的眼睛,在那氤氲的柔情之中,似有一道名为"意识"的快门咔嗒闪了一下,随后那双张大的瞳孔变得像漆皮一样光亮、清澈。

康斯坦丁坐了起来,打着哈欠:"现在几点?"

"三点。"我平平地说,"我要回去了,还得赶早上班。"

"我开车送你。"

我们背靠背坐在床的两侧,笨拙地把鞋往脚上套,床头灯的白光亮得刺眼,我感觉到康斯坦丁转过身来:"你的头发总是这样吗?"

"什么样?"

他没有回答,而是靠过来,将手放在我的发根处,手指像梳子一样缓慢地滑到发梢。一阵轻微的电流炸开,流过我的身体,但我一动不动地坐着。我从小就喜欢别人给我梳头,这会让我平静下来,昏昏欲睡。

"啊,我知道是怎么回事了,"康斯坦丁说,"你刚洗过。"

然后他便弯下腰去系他网球鞋的鞋带。

一小时以后,我躺在酒店的床上,听着雨声。那甚至不像雨声,而像水龙头在淌水。我的左腿胫骨中部开始疼起来,这让我放弃了在七点之前入睡的希望。我的无线电闹钟是激昂的苏泽进行曲[1],七点一到它就要响了。

每次下雨,断腿的旧伤都会提醒我它的存在,那是一种钝痛。

我一会儿想:"是巴迪·威拉德害我摔断了这条腿。"一会儿又想,"不,是我自己摔断的——我故意摔断的,这是我对自己卑劣行径的惩罚。"

---

[1] 苏泽进行曲:约翰·菲利普·苏泽(1854—1932),被称为美国"进行曲之王",创作了《星条旗永不落进行曲》等经典名作。

8

威拉德先生开车送我到阿迪朗达克山区。

这是圣诞节次日,灰蒙蒙的天空压在我们头上,兜满了雪花。我感到反胃,跟吃多了似的,而且我郁闷又失望。圣诞节之后我总是会有这样的感觉,好像不管是松树枝、蜡烛、绑着银色和镀金丝带的礼物、桦木壁炉、圣诞火鸡还是伴着钢琴的颂歌,这些承诺从来没有实现过。

圣诞节的时候我几乎希望自己是个天主教徒。

我和威拉德先生轮流开车。我不知道我们谈了什么,但是随着村野景色被深深的积雪覆盖,我们的肩膀也覆上了一层雪色,冷杉树从灰色的群山压向马路边,那苍翠的颜色深得几乎成了黑色,我变得越来越消沉。

我很想让威拉德先生一个人去,而我拦一辆便车回家。

但是看一眼威拉德先生的脸——他一头银发,剃成稚气的平头,清澈的蓝眼睛,粉红的脸颊,上面还结了霜,像甜蜜的结婚蛋糕一样。看着那脸上天真、信赖的表情,我知道我做不到。我必须待到探视结束。

正午时分,暗沉的天色稍稍亮了一点,我们把车停在一个结冰的岔路口,一起吃威拉德夫人为我们准备的午餐——金枪鱼三明治、燕麦饼干、苹果和装在保温瓶里的黑咖啡。

威拉德先生亲切地看着我。然后他清了清嗓子,扫掉大腿上最后几片面包屑。我看出他打算说些正经事,因为他很害羞,我曾听他在一个重要的经济学讲座之前用同样的方式清过嗓子。

"内莉和我一直想要一个女儿。"

有那么一瞬间,我疯狂地想,威拉德先生要宣布威拉德夫人怀孕了,而且是一个女孩。然后他说:"但我觉得没有比你更好的女儿了。"

威拉德先生一定以为我在哭,因为我很高兴他把我当女儿看待。"没事,没事,"他拍拍我的肩膀,清了一两下喉咙,"我想我们能理解彼此。"

他打开他那边的车门,绕到我这边,他的呼吸在灰蒙蒙的空气中拖出一道曲折的烟雾轨迹。我挪到他刚离开的座位。于是他发动汽车,我们继续前进。

我不确定自己希望巴迪的疗养院是什么样。

我想我期待看到那种小山丘上的木屋,年轻男女躺在户外阳台上,身上盖着厚厚的毯子,一个个脸颊红润,神色迷人,眼神亢奋得发亮。

"结核病就像是肺里有一颗炸弹,"巴迪曾在一封寄来学校给我的信中写道,"你只能静静地躺在那里,祈求它不要爆炸。"

我很难想象巴迪静静躺着的样子。他的整个人生哲学就是每一秒都要动起来。即使我们夏天去海边,他也从来没有像我一样躺下晒太阳,为了把时间利用到极致,他会来回奔跑、打球或做几组快速俯卧撑。

威拉德先生和我在接待室等待下午休息治疗[1]结束。

整个疗养院的配色似乎是以肝脏的颜色为基调的。漆黑、阴森的木制品,焦褐色的皮椅,还有曾经可能是白色,但现在已经被蔓延的霉菌或潮湿的印记占领的墙壁。地板上铺着一块斑驳的棕色油毡。

接待室里有一张矮茶几,黑色饰面上印着圆形和半圆形的污渍,上面放着几本皱巴巴的《时代》和《生活》。我拿起离我最近的杂志翻到中间,艾森豪威尔[2]的脸朝着我微笑,那张脸光秃秃的,就像瓶中胎儿的脸。

过了一会儿,我注意到一个声音,若有似无的,好像什么东西从哪儿漏了一样。有一瞬间我以为是墙壁吸收了过多的水分,开始往外渗水,但随后我发现这噪声来自房间角落的一个小喷泉。

那喷泉从一根粗陋的管子涌出,向上冲了几英寸,喷洒开来,又轰然落下,淅淅沥沥的水滴落在泛黄的石头水池里。池底铺着公共厕所里常见的白色六角形瓷砖。

一阵铃声响起。远处的门开了又关。巴迪进来了。

"嗨,爸爸。"

巴迪拥抱了他的父亲,然后马上带着一种可怕的神采奕奕

---

[1] 休息疗法:起源于十九世纪末,包括强制睡眠和特殊食疗,是一种主要针对女性精神病患的疗法。
[2] 艾森豪威尔:全名德怀特·戴维·艾森豪威尔(1890—1969),第三十四任美国总统。

的表情向我走来，伸出了他的手。我握了下那只手，感觉又湿又肥。

威拉德先生和我一起坐在一张皮沙发上，而巴迪坐在我们对面一把滑溜溜的扶手椅上，屁股只挨着椅子的边缘。他一直在笑，好像嘴角被无形的线扯了起来似的。

我根本没想过巴迪会变胖。在我一直以来的想象中，他都是瘦到颧骨突出，在两颊打下一片阴影，而那双眼睛深深陷进眼窝里，闪闪发亮。

但是我想象的"凹版"巴迪突然变成了"凸版"。他穿着紧身的白色尼龙衬衫，下面鼓起一个大肚腩，脸颊像蛋白杏仁糖一样饱满红润，就连笑声听起来都是圆鼓鼓的。

巴迪的目光与我相遇。"是因为这里的食物，"他说，"他们整天往我们肚子里塞东西，然后让我们躺在那里休息。但我现在可以外出散步几小时了，所以别担心，几周后我就会瘦下来的。"他跳了起来，笑得像个高兴的主人，"你们想看看我的房间吗？"

我跟着巴迪，威拉德先生跟着我，我们穿过两扇装着磨砂玻璃的转门，来到一条昏暗的、肝脏颜色的走廊，这里散发着地板蜡和来苏尔消毒剂的气味，以及另一种模糊的、像是碾烂的栀子花的气味。

巴迪打开一扇棕色的门，我们一个接一个地进入狭窄的房间。

一张笨重的床占据了大部分空间，床上铺着薄薄的蓝色细条纹白底床罩。旁边是一张床头柜，上面放着一只水罐、一只水杯，还有一罐粉红色消毒剂，里面插着一支温度计，银色的探头露在外面。另一张床头柜则挤在床脚和衣柜门之间，上面堆满了书籍、文件和一些歪歪扭扭、烤制过后上了漆但没有上釉的陶罐。

"嗯，"威拉德先生喘着粗气，"看起来很舒适。"

巴迪笑了。

"这些是什么？"我拿起一个莲叶形状的陶土烟灰缸，它是暗绿色的，表面精细地描画了黄色的叶子脉络。巴迪并不抽烟。

"那是个烟灰缸，"巴迪说，"给你的。"

我把它放下："我不抽烟。"

"我知道，"巴迪说，"不过，我想你可能会喜欢它。"

"那么，"威拉德先生抿了抿纸一样薄的嘴唇，"我想我该走了，给你们两个年轻人留一些空间……"

"好吧，爸爸，你走吧。"

我很惊讶。我原以为威拉德先生会留下来过夜，第二天再开车送我回去。

"我也一起吧？"

"不，不。"威拉德先生从钱包里抽出几张钞票递给巴迪，"给埃斯特在火车上找一个舒适的座位。她也许愿意待个一两天。"

巴迪把他父亲送到了门口。

我觉得威拉德先生抛弃了我，他一定是早就计划好的，但巴迪说不是，他父亲只是无法忍受看到有人生病，尤其生病的那个人还是自己的儿子，因为他认为所有的病都是因为意志薄弱。威拉德先生一生中从来没有生过病。

我在巴迪的床上坐下，因为根本没有其他地方可以坐。

巴迪一本正经地在他的文件中翻找,然后递给我一本薄薄的灰色杂志:"翻到第十一页。"

这本杂志是在缅因州的某个地方印刷的,里面都是刊印的诗歌和描述性的散文,不同的段落用星号隔开。第十一页有一首名为《佛罗里达黎明》的诗,我扫了一眼,发现里面都是一个接一个的意象,诸如西瓜灯、龟绿棕榈树,还有像希腊建筑碎片一样的沟纹贝壳。

"不错。"我觉得这首诗糟透了。

"谁写的?"巴迪带着一种奇怪的傻笑问道。

我的目光落到页面右下角的名字上。B.S. 威拉德。

"我不知道。"接着我又说,"当然啦,巴迪,是你写的。"

巴迪向我靠过来。

我往后退了一点。我对结核病知之甚少,但在我看来,那是一种非常可怕的疾病,传染方式神不知鬼不觉。我觉得巴迪还是待在自己那个充满肺结核病菌的范围里比较好。

"别担心,"巴迪笑道,"我不是阳性。"

"阳性?"

"你不会被传染的。"

巴迪停下来喘了口气,就像人在攀登极其陡峭的地方时会做的那样。

"我想问你一个问题。"他有一个令人不安的新习惯,就是直视我的眼睛,好像想用视线刺穿我的脑袋,看看里面在想什么。

"我本来想写信问你。"

我的眼前出现一个幻象,一只背面印着耶鲁大学徽章的浅蓝色信封一闪而过。

"不过后来我觉得还是等你过来比较好，这样我就可以当面问你。"他停了一下，"嗯，你不想知道是什么问题吗？"

"是什么？"我用很小的、毫不期待的声音说。

巴迪在我旁边坐下。他搂住我的腰，拂去我耳边的头发。我没动。接着我听到他低声说："你想成为巴迪·威拉德夫人吗？"

我产生了一种可怕的冲动，想放声大笑。

我想，如果回到我站在远处仰慕巴迪·威拉德的那五六年间，这句话马上就能征服我。

巴迪察觉了我的犹豫。

"哦，我现在身体不好，我知道，"他很快说，"我还在用对氨基水杨酸治疗，可能还会失去一两根肋骨，但明年秋天我就会回到医学院，最迟后年春天……"

"我想我应该告诉你一些事，巴迪。"

"我知道，"巴迪生硬地说，"你有别人了。"

"不，不是那样的。"

"那是怎么样？"

"我永远不会结婚。"

"你疯了。"巴迪眼睛一亮，"你会改变主意的。"

"不，我已经下定决心了。"

但巴迪还是一脸喜色。

"还记得，"我说，"在那次'短剧之夜'结束以后，你和我一起搭车回学校吗？"

"我记得。"

"那你记不记得,你问我最想住在哪里,乡下还是城里?"

"你说……"

"我说我既想住在乡下,又想住在城里,对吗?"

巴迪点点头。

"而你,"我突然起了劲,"笑着说我具备成为一个真正神经病的所有潜质,因为这个问题就是你那周心理学课的某份问卷上的,对不对?"

巴迪的笑容淡了。

"嗯,你说的对。我就是神经质。我永远无法在乡下或城里安定下来。"

"你可以住在二者之间,"巴迪积极地建议,"这样你就可以在城里待一会儿,再在乡下待一会儿。"

"那这有什么神经质的呢?"

巴迪没有回答。

"说呀?"我一边控诉,一边想,不能让着这些病人,这对他们来说是最糟糕的,会把他们宠坏的。

"没什么。"巴迪用一种虚弱而平静的声音说道。

"神经质,哈!"我发出轻蔑的笑声,"如果神经质是同时想要两种相互排斥的东西,那我就是绝对的神经质。在我以后的生命里,我只会在两个相互矛盾的东西之间来回追逐。"

巴迪把手放在我的手上。

"让我和你一起追吧。"

我站在毗斯迦山滑雪场的顶端向下看。我不该站在上面。我这辈子就没有滑过雪。不过我想,既然有这个机会,我就欣赏一会儿这美景吧。

在我左侧,索道把一个又一个滑雪者运到白雪皑皑的山顶,在滑雪者的来回踩踏和午间阳光的照射下,山顶的冰雪先是融化了一些,后又变得坚硬,像镜面一样反光。冷冽的空气刺激着我的肺和鼻窦,给我营造出一种幻觉似的澄净感。

在我两侧,身穿红色、蓝色和白色滑雪服的人从炫目的斜坡上滑下去,就像众多飘逸的美国国旗的碎片。滑道的尽头,仿木质的小屋在一片静谧中播放着流行歌曲。

从我们两人的小木屋
俯视少女峰[1]……

在那片雪的荒漠里,轻快的轰隆声像一条无形的小溪从我身边穿梭而过。只需一个看似随意实则完美的动作,我就会滑下斜坡,向着边线观众中的一个卡其色小点冲去,那就是巴迪·威拉德。

整个上午,巴迪一直在教我滑雪。

首先,巴迪向一个村里的朋友借了滑雪板和滑雪杖,向一位医生的妻子借了滑雪靴——她的脚只比我大一码,向一名学生护士借了一件红色滑雪服。他面对顽固的人表现出来的韧性可真叫人惊讶。

---

1 少女峰:位于瑞士伯尔尼高地,阿尔卑斯山区的著名山峰,海拔 4,158 米。

我想起巴迪曾在医学院得过一个奖,因为他说服了数量最多的死者亲属,让他们同意为科研捐献死者的身体,用于解剖(不管医学院需要不需要)。我忘记那叫什么奖了,只记得巴迪穿着他的白大褂——听诊器从一侧口袋里伸出来,就像他身体的一部分——微笑着鞠躬,跟那些麻木、沉默的亲属说话,让他们在解剖同意书上签字。

接下来,巴迪向他的主治医生借了一辆车。这位医生也患有肺结核,非常通情达理。当散步时段的铃声响彻没有阳光的疗养院走廊时,我们便驱车离开了。

巴迪以前也没有滑过雪,但他说基本原理很简单,而且他经常看滑雪教练教学生练习,所以他可以教我滑雪的所有技能,绰绰有余。

在前半个小时里,我听话地用倒八字登坡法爬上一个小斜坡,然后用滑雪杖一撑,就轻松滑了下去。巴迪似乎对我的进步很满意。

"很好,埃斯特,"当我第二十次通过斜坡时,他说,"现在你试试上索道吧。"

我停下脚步,满脸通红,气喘吁吁。

"但是巴迪,我还不知道怎么走之字形。所有从山顶下来的人都知道怎么走之字。"

"哦,你就从半道上往下滑吧,这样惯性就不会很大。"巴迪陪我走到索道那儿,教我怎么握住绳子,然后让我用手指把它拽紧,整个人挂上去。

我一次都没想过要说"不"。

这条绳索很粗糙,而且像蛇一样拧动着。我用手指包住绳子,任它在里面摩擦滑动,就这么上山了。

这绳索一边拖着我,一边摇晃,速度快得我根本不敢在半山腰撒手。我前后都有滑雪者,只要一松手,我就会被撞倒,任那些滑板和滑杖劈头盖脸地砸下来。我不想惹麻烦,便静静地挂在上面。

不过,登顶以后,我的想法变了。

巴迪认出了我穿着红色滑雪服犹豫不决的身影。他的手臂像卡其色的风车一样挥动,划破空气。我看出他在示意我,那些密集的滑雪者中间空出了一条道,我可以从那儿下去。但是,当我口干舌燥、惴惴不安地摆好姿势时,连接我俩所在之处的那条光滑的白色道路变得模糊起来。

一名滑雪者从左边穿过那条道,接着另一名再从右边穿过,巴迪的手臂继续无力地挥舞着,就像场地另一边的触角一样。那里充满了细小的微生物,它们蠕动着,像细菌,又像弯曲、明亮的感叹号。

我的视线从人声鼎沸的圆形露天竞技场移向远方。

天空仿若一只灰色的巨眼,回视着我,而那笼罩在薄雾中的太阳将四面八方所有雪白静默的滑道都聚集起来,跨过一座座苍白的山峰,停在我的脚下。

我的身体里有一个声音在喃喃自语,不要犯傻——为了避免受伤,我得赶紧脱了滑雪板下山去。我可以借助斜坡边缘的矮松林掩藏自己的身影,像只丧家之犬一样逃走。这样滑下去我可能会死,这念头像一棵树或一朵花一样冷酷地在我的脑海中长大。

我目测了一下自己和巴迪之间的距离。

现在,他的双臂交叉在胸前,几乎和身后的栅栏融为一体。二者都是棕色的,都显得木然,无关紧要。

我走到山顶边缘,将滑雪杆的尖端插进雪里,纵身把自己推了出去。我知道我已经无法靠技巧或任何迟来的意志让自己停下了。

我直直俯冲而下。

一股潜藏已久的疾风灌进我嘴里,把我的头发平扫到后面。我一直在往下冲,但那白色的太阳并没有升得更高。它只是悬在群山的波浪上,做一个无知无觉的支点,没有它,世界就不会存在。

我的身体里面有一块小小的地方感应到了太阳的存在,并向它飞去。我感到肺部被疾驰而来的风景填满,膨胀起来——空气、山丘、树木、人。我想:"这就是所谓的幸福。"

我一直下落,穿过滑之字的人群、学生和教练,穿过年复一年的伪装、微笑和妥协,跌入我自己的过去。

当我猛冲向隧道尽头那静止、明亮的一点,深井底部那颗鹅卵石,又或是母亲腹中那个白白的、甜美的婴孩时,两侧的人和树都像隧道漆黑的两侧一样往后退去。

我的牙齿咬到满口的雪,嘎吱作响。冰冷的雪水顺着我的喉咙滑下去。巴迪的脸悬在我上方,又近又大,就像一颗脱离引力的星球。其他人的脸出现在他后面。在他们身后,一片白茫茫中有很多黑点蜂拥而至,一点接一点,就像被一根迟钝的仙杖一点,世界又回到原位。

"你前面都做得很好,"一个熟悉的声音在我耳边响起,"后面有个人闯进了你的滑道。"

人们解开我的绑带,收起我的滑雪杖——它们分别插在两个雪堆里,歪歪斜斜地指向天空。小屋的围栏在背后支撑着我。

巴迪弯腰脱下我的靴子,抽出垫在里面的几双白色羊毛袜。他肥厚的手圈在我的左脚上,一点点移向脚踝,一边收紧一边摸索着,好像在找寻某个隐藏的武器。

白色的太阳无动于衷地在天空的最高处照耀着。我想要在上面磨炼自己,直到我变得圣洁,像刀刃一样轻薄而锋利。

"我要上去,"我说,"我要再试一次。"

"不,你不能。"

巴迪的脸上浮现出一种奇怪而满足的表情。

"不,你不能。"他带着尘埃落定的微笑重复道,"你的腿断了两处,得打上几个月的石膏了。"

9

"我很高兴他们要死了。"

希尔达打着哈欠，像猫一样拱起四肢，把头埋进双臂，趴在会议桌上，又睡着了。一小束绿得像胆汁的稻秆像热带鸟一样栖息在她的额头上。

胆汁绿，这是那年秋天才会推出的流行色。只有希尔达一如既往，早流行了半年。她用胆汁绿配黑，胆汁绿配白，胆汁绿配尼龙绿——这种绿和胆汁绿很相近。

一篇篇时尚评论像鱼吐泡泡一样浮现在我的脑海中，徒有其表，空无一物，一声空洞的爆破声之后，鱼泡泡浮出水面。

我很高兴他们要死了。

我诅咒命运，竟让我在抵达酒店自助餐厅的时候碰上希尔达。前一晚熬了夜，我的脑袋太蒙了，根本找不到借口回房间去取落下的手套、手帕、雨伞和笔记本。于是我得到了惩罚，那便是从亚马逊酒店的磨砂玻璃门出发，和她死气沉沉地走了一路，一直走到麦迪逊大道铺着草莓色大理石的入口。

希尔达一路像人体模型一样移动。

"这顶帽子很漂亮,你做的吗?"

我有点期待希尔达转向我:"你听起来像是病了。"但她只是伸了伸天鹅一样修长的脖子,然后又缩了回去。

"是的。"

前一天晚上我看了一出剧,女主角被恶灵附身了。当恶灵通过她的嘴说话时,它的声音听起来很深沉,叫人分不清是男是女。嗯,希尔达的声音听起来就像那个恶灵。

她盯着自己在明亮的商店橱窗里的倒影,似乎每时每刻都在确认她还存在。我们之间的沉默是如此深刻,我想这里面有一部分是我的问题。

所以我说:"罗森堡一家的消息可太糟糕了,不是吗?"

那天晚上罗森堡一家将被处以电刑。

"是的!"希尔达说。我觉得自己终于在她那错综复杂的心海里找到了一根属于人性的弦。直到我们两个人在会议室等待其他人的时候,在清晨特有的、坟墓般的沉郁气息中,希尔达才开始继续说明她的"是"。

"这样的人还活着简直太可怕了。"然后她打了个哈欠,淡橙色的嘴张开,露出一片巨大的黑暗。我着迷地盯着她脸上那个漆黑的空洞,直到那两片嘴唇相碰、翕动,恶灵从它的藏身之处说:"我很高兴他们要死了。"

"来,笑一个。"

我坐在赛杰伊办公室的粉色天鹅绒双人沙发上,手里拿着一朵纸玫瑰,面前是杂志社的摄影师。我是十二个人中最后一个拍照的。我曾试图藏在化妆间,但没有成功。我的脚从门缝露出来被贝齐看到了。

我不想拍照,因为我就要哭了。我不知道我为什么要哭,但我知道如果有人跟我说话或者凑上来盯着我看,我的眼泪就会夺眶而出,呜咽声也会从喉咙口溢出来,我会哭上一整个星期。我能感觉到泪水在我眼眶中渐渐蓄满、摇晃,就像杯子里的水太满了,晃得马上要泼出来一样。

这是杂志付梓前的最后一轮拍照,我们将要回到塔尔萨、比洛克西、提内克或库斯湾等地,回到我们所有人各自的家乡。因此,他们要我们拿着道具拍照,展示我们对未来的期望。

贝齐拿了玉米穗,表示她想成为一名农夫的妻子;希尔达拿了一个帽匠用的人偶头,它没有头发也没有脸,表示她想设计帽子;多琳拿了一件金丝刺绣的纱丽[1],表示她想成为一名驻印度的社会工作者(她告诉我,她并不是真的想去印度,她只是想知道纱丽摸起来什么感觉)。

当他们问我想成为什么样的人时,我说我不知道。

"噢,你当然知道。"摄影师说。

"她呀,"赛杰伊诙谐地说,"什么都想要。"

我说我想成为一名诗人。

他们便四处寻找可以让我拿着的东西。

赛杰伊建议拿一本诗集,但摄影师拒绝了。这太明显了,应该拿某样能激发作诗灵感的东西。最后,赛杰伊从她新买的帽子

---

[1] 纱丽:印度妇女的传统服饰,以丝绸为主要材料,是一种以披裹方式穿着的布料。

上解下了那根长茎纸玫瑰。

摄影师摆弄着他炽热的白光灯:"让我们瞧瞧写诗能让你多快乐。"

我的视线穿过赛杰伊窗户上那由橡胶叶子组成的饰框,投向远处的蓝天。有几朵布景一样的云朵正从右边移向左边。我盯着最大的那朵,仿佛当它从视线中消失时,我也能有幸跟着消失。

我想我一定要把嘴角保持在一个水平线上。

"给我们一个微笑。"

最后,我像个腹语者手中的假人一样,乖乖扬起了嘴角。

"嘿,"摄影师突然有了不祥的预感,埋怨道,"你看起来要哭了。"

我停不下来。

我把脸埋在赛杰伊双人沙发的粉红色天鹅绒靠背上,释放了那些咸涩的眼泪和痛苦的哀号,整个早上一直在我体内苦苦压抑的东西,在房间里爆发了。

当我抬起头时,摄影师已经消失了。赛杰伊也消失了。我感到浑身无力,被背叛了一样。我觉得自己就像一张从可怕的野兽身上蜕下来的皮。摆脱这只野兽固然是一种解脱,但它似乎也带走了我的灵魂,以及它可以带走的一切。

我在手袋里摸索,找到了那个镀金化妆盒,里面装着睫毛膏、睫毛刷、眼影、三支口红,还嵌着一面镜子。镜子里回视着我的那张脸,就像一张隔着牢房的格栅盯着我的、被长时间殴打过的脸,看起来鼻青脸肿,妆都花了。这张脸需要肥皂、水和基督的宽容。

我开始心不在焉地给这张脸补妆。

隔了一会儿,赛杰伊如清风般飘然返回,怀抱着一大摞手稿。"你会对这些感兴趣的,"她说,"祝你读得开心。"

每天早晨,手稿就像雪花一样纷飞而来,在小说编辑的办公室里堆积如山。在美国各地的书房、阁楼和教室里,一定有人在偷偷写作。假如每分钟有人完成一份手稿,五分钟后,小说编辑的桌子上就会堆放五份手稿,一个小时内就会有六十人份的手稿,堆叠在地板上。一年后……

我笑了,仿佛看到半空中飘浮着一份崭新的手稿,右上角印着埃斯特·格林伍德的名字。在杂志社待了一个月后,我申请了一位著名作家的暑期班课程,申请方式是寄一份故事手稿过去,对方读完之后再决定是否录取。

当然,这是一个很小的班级。我的故事很早以前就寄了,还没有收到这位作家的回信,但我确信会在自己家的信件台上找到录取通知书。

我决定给赛杰伊一个惊喜。我要用假名把在这个班上写的几个故事寄过来。

有一天,小说编辑会亲自来找赛杰伊,把这些小说扔到她的桌上:"这儿有一些不同寻常的东西。"赛杰伊会认可并接收这些小说,还会邀请作者共进午餐,然后发现原来作者就是我。

"老实说,"多琳说,"这次这个不一样。"

"跟我说说。"我麻木地说。

"他是秘鲁人。"

"秘鲁人都又矮又胖，"我说，"而且跟阿兹特克人一样丑。"

"不，不，不，亲爱的，我已经见过他了。"

我们坐在我的床上，上面都是脏兮兮的棉布连衣裙、抽丝的尼龙袜和灰色的内衣。在这十分钟里，多琳一直试图说服我和莱尼认识的某个人的朋友参加乡村俱乐部的舞会，她坚持说，他跟莱尼的朋友都不一样，但鉴于我得赶第二天早上八点钟的火车回家，我觉得我应该开始收拾东西了。

我也有一个模糊的想法，如果我一个人在纽约的大街小巷走上一整夜，也许我对这座城市的神秘和辉煌能领会得更深一点。

但我还是放弃了。

最后那几天我越来越不知道该做什么。当我终于决定做某事，比如收拾行李箱的时候，我只是把所有肮脏、昂贵的衣服从衣柜和壁橱里拖出来，四散在椅子、床和地板上，然后坐在一边盯着它们，一筹莫展。这些衣服好像有自己独立的、顽固的意识，拒绝被清洗、折叠和存放起来。

"就是这些衣服，"我告诉多琳，"等我回来以后该拿它们怎么办呢？"

"简单。"

多琳以漂亮蠢货的处事风格行动起来，她开始抓起那些衬裙、长袜和精致的无肩带胸罩——那是报春花胸衣公司的赠品，里面装满了钢丝弹簧，我从来没敢穿过——还有很多剪裁奇怪、平均四十美元一件的连衣裙……

"嘿，别动那件，我要穿。"

于是多琳把一块黑色的布料从她打包的那捆衣服里面抽出

来，扔到我的腿上。然后，她像滚雪球一样，把剩下的衣服揉成柔软蓬松的一团，塞到床底下看不见的地方。

多琳敲响了一扇绿色的门，上面有一个金色的把手。

里面扭打玩闹的声音和一个男人的笑声戛然而止。一个穿着衬衣、留着平头的金发高个子男孩把门打开一条缝，向外张望。

"宝贝！"他喊道。

多琳被他揽进怀里。我想他一定就是莱尼认识的那个人。

我穿着黑色紧身裙，戴着黑色流苏披肩，静静地站在门口。我的肤色比以前更黄，但期待更少了。"我只是一个观察者。"我这么跟自己说。我看着多琳被金发男孩牵进房间，带到另一个男人面前。他也很高，但是肤色很深，头发稍长，穿着一身洁白的西装，一件淡蓝色的衬衫，系着一条黄丝缎领带，上面扣着一枚闪亮的别针。

我无法将视线从那枚别针上移开。

好像有一道巨大的白光从中射出，照亮了整个房间。然后那道光消退了，只在一片金黄的田野上留下一颗露珠。

我把一只脚放到另一只脚前面，一步一步往前挪。

"那是一颗钻石。"有人这么说。很多人大笑起来。

我的指甲触碰到那个玻璃一样的表面。

"她没见过钻石。"

"给她，马尔科。"

马尔科鞠了一躬，把别针放在我的掌心。

别针就像天上的冰块一样耀眼，闪烁着粼粼的微光。我迅速将它塞进我那仿黑玉串珠的晚会手袋里，然后环顾四周——周围人的脸像一张张空白的盘子一样，仿佛没有人在呼吸。

"我有幸，"一只干燥、有力的手握住了我的小臂，"陪伴这位女士度过整个晚上。或许，"马尔科眼中的火花熄灭，暗了下来，"我应该提供一点小服务……"

有人笑了。

"……价值一颗钻石的服务。"

捏着我手臂的手收紧了。

"哎哟！"

马尔科松开了手。我低头看向自己的手臂，一个泛紫的指印映入眼帘。马尔科看着我，然后指了指我的手臂内侧："看这里。"

我一看，发现了其他四个微弱的指印。

"你看，我是很认真的。"

马尔科微微闪烁的笑让我想起在布朗克斯动物园逗弄过的一条蛇。当我用手指敲击厚实的玻璃笼子时，蛇张开那仿佛上了发条的下颚，看着像在笑。然后它开始在透明的玻璃上不停撞击，直到我离开。

我以前从未遇到过讨厌女人的人。

我可以看出，马尔科讨厌女人，因为那天晚上房间里明明有模特和电视明星，他还是只关注我，不是出于好意，也不是出于好奇，而是因为我碰巧被发给了他，就像一副花色相同的纸牌中的随便一张。

乡村俱乐部乐队的一个人走到麦克风前，开始摇晃那些豆荚鼓[1],应该是在演奏南美的音乐。

马尔科伸手抓我的手,但我兀自喝着我的第四杯代基里酒[2],一动不动。我从来没有喝过代基里酒。我喝这酒是因为马尔科为我点了它。我很感激他没有问我想喝什么,所以我一句话也没说,只是一杯接一杯地喝。

马尔科看着我。

"不。"我说。

"你的'不'是什么意思?"

"我跳不了那种音乐。"

"别傻了。"

"我想坐在这里,把酒喝完。"

马尔科弯下腰,脸上带着一种紧绷的笑。我的酒一下子飞出一个弧度,落到一盆棕榈树里。他拽住我的手,作势要撕断我的手臂,我不得不跟着他站起来。

"是探戈。"马尔科带我灵活地穿过那些舞者,"我喜欢探戈。"

"我不会跳舞。"

"你不必跳舞,我来跳。"

马尔科用一只胳膊钩住我的腰,一把将我拉靠到他晃眼的白色西装上,然后说:"假装你溺水了。"

我闭上眼睛,音乐像暴风雨一样席卷了我。马尔科的腿向前滑顶到我的腿,让我的腿向后滑,我似乎被他钉在了身上,四肢随着他的动作移动,我自己没有任何意志或意识。过了一会儿我

---

1 豆荚鼓:一种打击乐器,形似拨浪鼓,把手由竹子制成,发声的头部由豆荚组成。
2 代基里酒:一种以白朗姆酒为基酒的鸡尾酒。

想:"跳舞不需要两个人,一个就行了。"于是我放任自己,像树一样随风摇曳。

"我跟你说什么来着?"马尔科灼热的呼吸烧得我耳朵发烫,"你简直跳得像个专业舞者。"

我开始明白为什么讨厌女人的人还能如此玩弄女人。憎恨女人的人就像神一样,刀枪不入,充满力量。他们落入凡间,然后消失,你永远抓不住他们。

南美音乐之后是一段小憩时间。

马尔科带我穿过一道落地窗,走进花园。灯光和人声隔着舞厅的窗户传出来,但几码之外,它们就被黑暗的屏障隔绝了。在星星微弱的光芒中,树木和花朵散发着清冷的香气。那晚没有月亮。

方形的树篱在我们身后合拢。前方是空无一人的高尔夫球场,球场向外延伸,一直延伸到远处叠着山影的树丛。乡村俱乐部、舞会、只停留了一只蟋蟀的草坪——我对这种场景有一种可悲的熟悉感。

我不知道我在哪里,但这是纽约市郊的某个富人区。

马尔科掏出一根细雪茄和一个子弹形状的银色打火机。他把雪茄叼在唇间,俯身靠近那小小的火焰。夸张的阴影和光晕笼罩着他的脸,让人感觉陌生而痛苦,就像一个难民的脸。

我看着他。

"你爱上了谁?"我这么问道。

有那么一分钟,马尔科什么都没说,只是张开嘴,吐出一个蓝色的、带着水汽的烟环。

"不错!"他笑了。

那烟环逐渐变大,变模糊,在黑夜中像幽灵一样惨白。

然后他说:"我爱上了我的表妹。"

我并不意外。

"你为什么不娶她?"

"不可能的。"

"为什么?"

马尔科耸了耸肩:"我们血缘太近,她要去当修女了。"

"她漂亮吗?"

"没有人可以跟她比。"

"她知道你爱她吗?"

"当然。"

我噎了一下,他们面临的障碍在我看来太不真实。

"如果你爱她,"我说,"总有一天你也会爱上别人的。"

马尔科突然把雪茄扔到脚下踩灭。

大地急速上升,打在我的身上,让我短暂地昏迷了一下。污泥挤进我的指缝间。等我半抬起身,马尔科双手按住我的肩膀,又把我甩了回去。

"我的裙子……"

"你的裙子!"泥浆被压得飞溅起来,粘在我的锁骨上。"你的裙子!"马尔科脸色阴沉地压在我身上,几滴口水落到我的嘴唇上,"你的裙子是黑色的,泥也是黑色的。"

然后他扑向我,仿佛要把他的身体碾进我的身体,压入泥里。

"要出事了。"我想。

"要出事了。如果我只是躺在这里,什么都不做,那就要出事了。"马尔科咬住我的肩带,把我的裙子撕到腰间。我看到裸露的皮肤泛着光,像一道白纱,将两个彼此厮杀的对手隔开。

"荡妇!"

这个词在我耳边嗞嗞作响。

"荡妇!"

待扬起的尘埃落下,我终于看清了战场。

我开始扭动、撕咬。

马尔科用他的体重把我压制在地上。

"荡妇!"

我用尖尖的鞋跟踢他的腿。他背过身,摸索他的伤处。

我手握成拳,砸在他的鼻子上——那感觉就像击中了一艘战舰的钢板。马尔科坐起来。我开始大哭。

马尔科掏出一条白手帕,按住他的鼻子。暗沉得像墨一样的颜色,在白色的布面蔓延开来。

我吮吸着咸咸的指关节。

"我要找多琳。"

马尔科的目光越过高尔夫球场。

"我要找多琳。我要回家。"

"荡妇,都是荡妇。"马尔科似乎在自言自语,"是或不是,都一样。"

我戳了戳马尔科的肩膀。

"多琳在哪儿?"

马尔科哼了一声:"去停车场。去所有车的后座找。"

然后他转过身来。

"我的钻石。"

我站起来,在黑暗中找回我的披巾,开始往外走。马尔科跳起来,挡住了我的去路。然后,他故意用手指在流血的鼻子下面擦了擦,旋即抹在了我的脸颊两侧:"我用血的代价赢回了我的钻石。把它给我。"

"我不知道它在哪儿。"

其实我很清楚钻石就在我的手袋里,马尔科把我撞倒时,它像鸟一样升起来,飞进了黑色的夜幕中。我开始琢磨,我要引开他,之后再自己回来找手袋。

我不知道这种尺寸的钻石价值几何,但不管怎样,一定很值钱。

马尔科双手抓住我的肩膀。

"告诉我,"他一字一顿地强调,"告诉我,否则我会拧断你的脖子。"

突然间我就不在乎了。

"它在我的仿黑玉串珠手袋里,"我说,"在泥地里的某个地方。"

我走了,马尔科则跪在那里,双手在黑暗中摸索,寻找另一片小小的黑暗。黑暗将他钻石的光芒隐藏起来,逃过了他愤怒的双眼。

多琳不在舞厅,也不在停车场。

我一直躲在阴影里,这样就没人会注意到我裙子和鞋子上的草屑。我用黑披肩遮住了肩膀和裸露的乳房。

幸运的是,舞会快结束了,人群正在离开会场,走向停在外面的汽车。我一辆接一辆地问过去，终于找到一辆有空位的车愿意把我送到曼哈顿中心。

在黑夜与黎明相交的模糊时刻，亚马逊酒店的露台空无一人。

我穿着矢车菊浴袍，慢慢挪到栏杆的边缘，安静得像个贼。栏杆几乎到我的肩膀，所以我从靠墙堆着的折叠椅里面拖出一把，打开，站到那摇摇晃晃的座板上。

一阵僵冷的风吹起我的头发。我脚下的城市陷入了沉睡，灯光都熄灭了，建筑物都变暗了，仿佛在举行一场葬礼。

这是我在纽约的最后一晚。

我抓过自己带来的那捆衣服，拽着一个发白的衣角往外拉。一条已经被我穿得失去弹性的无肩带弹力衬裙滑落到我的手中。我挥舞着它，就像挥舞一面休战的旗帜，一次，两次……风抓住了它，然后我松开了手。

一块白色的薄片在夜空中摇曳，缓慢坠落。我不知道它会停在哪条街道或哪个屋顶上。

我继续从包裹里往外抽衣服。

风试着把衣服托起来，却失败了，一个蝙蝠般的影子朝着对面大楼的屋顶花园落了下去。

我一件一件地把自己的衣服送给夜风，就像在撒心爱之人的骨灰一样。灰色布料随风飘落，去向这里、那里，在纽约黑暗的市中心，它们去向了我永远不会知道的地方。

10

镜子里的脸看起来病恹恹的。

我把化妆盒扔进手袋,看向火车的窗外。康涅狄格州的沼泽地和电影厂外景地一闪而过,这些碎片式的景象之间毫无关联,就像一个巨大的垃圾场。

世界真是个大杂烩!

我低头看了一眼身上陌生的裙子和衬衫。

这是一条绿色的紧身裙,上面布满黑色、白色和铁青色的花纹,裙子的下摆像灯罩一样往外张开。白色的网眼衬衫没有袖子,肩部有褶边,像新生天使的翅膀一样,软软地耷拉下来。

我忘了从那些被放飞到纽约上空的衣服里留一两件常服,所以只好用我的矢车菊浴袍跟贝齐换了一件衬衫和一条裙子。

我自己那暗淡的倒影,像翅膀一样的白色衬衫褶边,棕色的马尾辫,等等,都朦胧地叠加在了窗外的风景上。

"波莉安娜牛仔女郎!"我大声喊。

对面座位的一个女人从杂志上抬起头来。

我最后还是没有洗掉两边脸颊上歪斜的血迹。它们看起来很迷人，而且相当壮观，我想我会留着血迹，就像留着死去情人的遗物一样，直到它们自行消退。

当然，如果我笑起来或者面部表情太丰富，血迹很快就会剥落，所以我尽量僵着脸，不得不说话的时候，我就从齿缝间把话挤出来，不动嘴唇。

我真的不明白为什么大家都盯着我看。

很多人看起来比我更奇怪。

我的灰色手提箱搁在头顶的架子上，里面有《年度三十佳短篇小说》、一个白色的塑料太阳眼镜盒，还有多琳的临别礼物——两打牛油果，除此以外，再无其他。

牛油果还没有熟，这样更好保存。每当我把手提箱提起、放下或是随身带着走动时，它们都会从一端滚到另一端，发出一种特别的轰隆轰隆的响声。

"一百二十八路到了！"驾驶员吼道。

松树、枫树和橡树代表业经驯化的荒野，被卡在火车的窗框里，不再移动，就像一幅惨不忍睹的画。当我穿过长长的过道时，我的手提箱发出咕噜咕噜的滚动声和砰砰的碰撞声。

我从开着空调的车厢出来，走上月台，郊区亲切的气息马上将我包围，里面夹杂着草坪洒水器、旅行轿车、网球拍、狗和婴儿的味道。

夏日的平静如死亡一般，抚慰着一切。

母亲在灰色的雪佛兰旁边等我："怎么，亲爱的，你的脸怎么了？"

"自己不小心划的。"我一边简短地回复，一边把我的行李箱放到后座，顺势钻进车里。我不想让她在回家的路上一直盯着我看。

车座的软包光滑又干净。

母亲坐到方向盘后面，把几封信扔到我腿上，然后转过身去。

汽车呼啸着启动。

"我想我应该马上告诉你。"她这么说。我可以从她脖子的姿势看出来这是一个坏消息。"那门写作课你没有入选。"

我吐出一口气，仿佛有人朝着我的肚子揍了一拳。

整个六月，我一直在脑海中想象写作课的场景，那就像一座明亮、安全的桥梁，跨越夏日沉闷的海湾。现在我眼看着这座桥摇摇晃晃地消失了，一个穿着白衬衫和绿裙子的身影坠入了深渊。

我的嘴巴酸溜溜地噘起来。

我早就料到了。

我仿佛下半身瘫了一样，顺着脊椎往下滑，直到鼻子与窗边齐平。我看着波士顿郊区的房屋在窗外掠过。随着熟悉的房屋越来越多，我的身子也压得越来越低。

我不想被人认出来。

灰色带软垫的车顶像囚车一样压在我的头顶，千篇一律、白得耀眼的隔板屋，还有房屋间整齐的绿化带一排接一排地从我身边掠过，它们都被罩在一个无法逃离的大笼子里。

我以前从未在郊区度过夏天。

推车车轮尖厉的摩擦声刺痛了我的耳朵。阳光透过百叶窗漏进来，在卧室里洒满硫黄色的光。我不知道自己睡了多久，但仍然感觉到一阵由疲惫引起的痉挛。

我旁边的床是空的，没有整理。

七点钟的时候，我听到母亲起床，穿上衣服，踮着脚走出了房间。紧接着楼下传来榨汁机的嗡嗡声，咖啡和培根的味道穿过门缝飘进来。我还听见水龙头流出的水落在水槽里，盘子叮当作响，是母亲在把它们擦干，并放回橱柜里。

大门打开又关上，车门打开又关上，发动机发出轰隆的响声，随着碎石的嘎吱声逐渐消失，车也消失在了远处。

母亲在市立大学教很多女生速记和打字，要到下午三四点钟才会回家。

车轮吱吱作响的声音再次经过，好像有人在我的窗下推着婴儿车来回走动。

我溜下床，趴到地毯上，用手和膝盖撑着地板，悄悄地爬过去，想看看是谁。

我们住在一栋白色的隔板小房子里。房子位于两条宁静的郊区街道的拐角处，一小块绿色草坪的正中央。尽管房子周围间或种着小枫树，但任何一个从人行道经过的人，只要抬头看一眼二楼的窗户，就可以看见里面发生了什么。

这是我们隔壁的邻居奥肯登夫人，一个喜欢偷窥的女人告诉我的。

奥肯登夫人是一位退休的护士，她刚刚嫁给她的第三任丈夫——前两任都死得莫名其妙——每天大部分时间，她都躲在她家那浆洗得发白的窗帘后面窥视。

她给母亲打过两次电话聊我的事——一次是说我在门口的路灯下坐了一个小时,跟一个开蓝色普利茅斯的人接吻;一次是让我最好把房间里的百叶窗拉下,因为有一晚她出去遛她的苏格兰猎犬时,正好看到我半裸着准备睡觉。

我小心翼翼地将视线抬到窗台的高度。

一个不到五英尺高的女人,挺着一个怪异的、凸起来的肚子,正沿着马路推一辆黑色的旧婴儿车。两三个小孩子在她裙子的阴影下摇摇晃晃地走着,他们个头不一、脸色苍白,脸上和光裸的膝盖上都沾着泥。

一个静谧、近乎虔诚的微笑让女人的脸容光焕发。她的头快乐地向后仰着,就像一枚放在鸭蛋上的鹌鹑蛋。她在朝太阳微笑。

我跟这个女人很熟。

她是多多·康韦。

多多·康韦是一名天主教徒,在巴纳德学院上学,之后嫁给了一位毕业于哥伦比亚大学的建筑师,他也是一名天主教徒。他们有一栋杂乱无章的大房子,就在我们这条街的前边、一排病歪歪的松树后面。房子周围摆着踏板车、三轮车、娃娃车、玩具消防车、棒球棒、羽毛球网架、槌球门、仓鼠笼,还有可卡犬——在郊区养孩子所需的乱七八糟的东西都在那儿了。

我不由得对多多产生了兴趣。她的房子与我们附近的其他房子都不同,包括大小(大得多)和颜色(二楼是深棕色的隔板,一楼则在灰色的石膏泥中镶嵌着灰色和紫色的高尔夫球形状的石头),而且那些松树完全隔绝了外人的视线。在我们这一带,其他人家的草坪都是彼此毗邻的,树篱也只有齐腰高,所以他们家就显得不太合群。

多多用脆米饼、花生酱黄油棉花糖三明治、香草冰激凌和一加仑一加仑的胡德牛奶养育她的六个孩子——毫无疑问还会有第七个。她从本地的送奶工那里拿到了特别折扣。

每个人都喜欢多多，但对于她家人口的不断膨胀，也难免碎语闲言。周围的老一辈，比如我母亲，只有两个孩子，年轻且比较富裕的那些有四个孩子，只有多多即将迎来第七个孩子。即使是六个孩子，大家都觉得太多了。但是，当然啦，大家都说，多多是个天主教徒[1]。

我看着多多将年龄最小的孩子推来推去。她这样做似乎是为了我好。

孩子让我反感。

一块地板吱呀作响，出于本能，或者某种超自然的听觉天赋，多多·康韦的脸转了过来，就像脖子上有什么转钮似的。我赶忙低下头。

我感觉到她的目光穿透白色的隔板和粉红色的玫瑰壁纸，发现了蹲在银色暖气片后面的我。

我爬回床上，把被单拉过头顶，但即使这样也没有把光挡住，所以我把头埋在枕头下的一片黑暗里，假装外面还是晚上。我不知道起床有什么意义。

我没有什么可期待的。

过了一会儿，我听到楼下大厅里的电话铃响了。我用枕头

---

[1] 天主教主张"人的生命必须从受孕的那一刻起得到绝对的尊重和保护。（天主教教理问答第 2270 条）"，认为堕胎形同故意杀人。

塞住耳朵，就这样等了五分钟。然后我从枕头拱起的孔隙中抬起头。铃声停了。

很快它又开始响了。

我一边诅咒任何可能听说我回来了的朋友、亲戚或陌生人，一边赤脚下了楼。大厅桌子上的黑色装置歇斯底里地响着，一遍又一遍，活像一只神经质的小鸟。

我拿起听筒。

"你好。"我刻意压低了声音。

"喂，埃斯特，怎么了，你嗓子疼？"

是我的老朋友乔迪从剑桥市[1]打来的。

这年夏天，乔迪在 Coop 超市打工，并在午餐时间修读一门社会学课程。她，还有我大学里的另外两个女孩，她们向四名哈佛法学院的学生租了一间大公寓，我本来打算等写作课一开始，就去和她们一起住。

乔迪想知道我什么时候到。

"我不去了，"我说，"我没有被选上。"

一阵短暂的沉默。

"他就是个蠢材，"乔迪说，"他根本不识货。"

"我也是这么想的。"我的声音听起来奇怪又空洞。

"还是来吧。你可以选别的课。"

学习德语或变态心理学的想法从我的脑海中掠过。毕竟我把在纽约的工资几乎全都存了下来，所以我大概能负担得起学费。

---

[1] 剑桥市：紧邻美国马萨诸塞州波士顿市，与波士顿市区隔查尔斯河相对，属于波士顿都市区。

但我听到自己空洞的声音说:"你还是别算上我了。"

"好吧。"乔迪接着说,"还有一个女孩表示如果有人退出,她就要住进来……"

"好的,那就问问她。"

挂断电话的那一刻,我就知道我应该说我要去。如果再听多多·康韦推一个早上的婴儿车,我就会发疯的,而且我决定最多只和母亲住一周。

我伸手去拿话筒。

我的手前移了几英寸,又缩了回来,无力地垂下。我再次将它伸向话筒,但它又一次停住了,就像撞到了一块玻璃一样。

我无所事事地走进餐厅。

桌子上有一封长长的商务信函,是那个暑期班寄过来的。还有一封薄薄的蓝色的信,用的是耶鲁的旧信封,信封上巴迪·威拉德用清晰的字迹写着我的名字。

我用刀拆开了暑期班的信。

鉴于我没有被写作课录取,信上说我可以选其他课,不过我应该在当天早上给招生办公室打个电话,不然就来不及报名了,课程都快满员了。

于是我拨通了招生办公室的电话,听着对面僵尸一样机械的声音,我留言说埃斯特·格林伍德小姐要取消参加暑假班的所有安排。

然后我打开了巴迪·威拉德的信。

巴迪在信里写道,他可能爱上了一位同样患有结核病的护士,但他母亲在阿迪朗达克山区租了一间小屋,七月会住在那里，如果我和她一起过去，没准儿会让他意识到对护士的感觉只是一时的迷恋。

我抓起一支铅笔，画掉了巴迪的内容，然后把信纸翻过来，在背面写上，我和一位同声译员订婚了，再也不想见到巴迪，因为我不希望我孩子的父亲是一个伪君子。

我把信塞回信封里，用透明胶带粘好，寄回给巴迪。我没有贴一张新的邮票，在我看来，这封信只值三美分。

然后我决定在那个夏天写一部小说。

给好些人一点颜色看看。

我慢悠悠走进厨房，往一杯生牛肉里打了个生鸡蛋，搅拌几下之后吃了。之后，我在房子和车库之间的走廊上架起一张牌桌，这条走廊很隐蔽。

一丛巨大的山梅花挡住了来自前面街道的视线，两边是房子和车库的墙壁，还有一棵桦树和一个方形树篱从后面把我保护起来，免受奥肯登夫人的监视。

我从母亲存放在大厅壁橱里的纸张中数出三百五十张——这些纸都藏在一堆旧毡帽、衣服刷子和羊毛围巾下面。

回到走廊上，我把第一张空白的纸放进我的旧手提打字机，并把它卷起来。

远处是我的另一个意识，看着自己坐在走廊上，小得像娃娃屋里的洋娃娃一样。周围是两堵白色的隔板墙、一丛山梅花、一棵桦树和一片树篱。

我的内心变得柔软起来。我的女主角就是我自己，伪装后的我自己。她将被称为埃莱娜。埃莱娜，我掰着手指数了数，埃斯特也有六个字母[1]。这可真是一种缘分。

埃莱娜穿着她母亲穿旧的黄色睡衣坐在走廊里,静待着某事发生。那是七月一个闷热的早晨,汗珠沿着她的后背往下滑,一滴一滴,就像慢吞吞的爬虫。

我往后一靠,读着自己写的东西。

看起来还挺生动。汗水像虫子一样,这段我很满意。只是我隐约觉得,好像很久以前在别处读过这样的表达。

我就这样坐了大概一小时,思索着接下来的故事情节,在我的脑海里,赤着脚、穿着母亲黄色旧睡衣的小娃娃也正坐着,凝视着空中的某一点。

"怎么,亲爱的,你不想换衣服吗?"

我母亲从来都很小心,不会命令我去做什么。她只会温柔地跟我讲道理,就像两个聪明、成熟的人在对话。

"快下午三点了。"

"我在写小说。"我说,"没有时间换这个换那个。"

我躺在走廊的沙发上,闭上了眼睛。我能听到母亲在收拾打字机和牌桌上的纸张,然后摆上了晚餐的餐具,但我一动不动。

惰性像糖浆一样渗透进埃莱娜的四肢。她想,得了疟疾的人一定也是这种感觉。

---

[1] 埃斯特:原文 Esther,埃莱娜(Elaine)和埃斯特一样都是六个字母。

照这样的速度，我一天能写上一页就算走运了。

然后我就知道问题出在哪里了。

我需要经验。

我从未跟某人相爱，从未生过孩子，甚至从未见过任何人死去，这样的我怎么能描写生活呢？我认识的一个女孩写了一部短篇小说，是关于她在非洲俾格米人[1]生活区的冒险事迹，刚拿了奖。我的故事怎么能胜过那种东西？

晚饭结束时，母亲已经说服我晚上开始学速记。这样我就能一石二鸟，在写小说的同时学会一些实用的东西，还能节省一大笔钱。

当天晚上，母亲从地下室翻出一块旧黑板，放在走廊上。她站在黑板前，用白色的粉笔在上面潦草地写着花体字，而我坐在椅子上看着。

起初我满怀希望。

我以为我很快就能学会速记，这样当奖学金办公室的小雀斑女士问我为什么没有在七八月份出去工作赚钱时（拿奖学金的学生都应该这么做），我就可以告诉她我已经学习了免费的速记课程，以便在大学毕业后养活自己。

唯一的问题是，每当我试图想象自己在工作中快速写下一行又一行笔记的场景，我的大脑就变得一片空白。在能用上速记的领域，没有一样工作是我想做的。而且，当我坐在那里看着母亲讲课时，白色的花体字就渐渐模糊成了毫无意义的一团。

---

[1] 俾格米人：泛指男性平均身高不足5英尺的民族，源于古希腊人对于非洲中部矮人的称法。

我告诉母亲我头疼得厉害，便去睡觉了。

一个小时后，门打开了一条缝，母亲悄悄走进房间。我听到她脱衣服时窸窸窣窣的声音。然后她爬上床，呼吸随即变得缓慢而规律。

路灯微弱的光透过拉开的百叶窗照进来，我看到她头上的卷发器像一排小刺刀一样闪闪发光。

我决定先把小说放一边，等我去了欧洲、找到一个情人以后，再继续写。我也不会再学一个速记符号。只要我从未学过，就永远不必使用它。

我想我会利用这个夏天读《芬尼根们的觉醒》，并撰写我的论文。

这样，我就能在九月底开学时遥遥领先，优哉游哉地享受我的最后一年，而不是像大多数大四的荣誉生那样，天天喝咖啡，吃兴奋剂，蓬头垢面地埋头学习，直到完成论文。

然后我又想，我可能会推迟一年毕业，到一个陶艺大师那里做学徒。

或者我会去德国当服务员，直到学会德语。

一个又一个计划跃入我的脑海，就跟捣了个蠢兔子窝似的。

我看到，我生命中的岁月以电线杆的形式沿着一条道路间隔排列，一些电线把它们连接在了一起。我数到一、二、三……第十九根电线杆时，之后的电线便悬在空中，我竭尽所能，仍看不到第十九根之后的电线杆。

房间逐渐亮起来，显出一种浅蓝色。我不知道夜晚去哪儿了。母亲从一根模糊的木头变成了一个熟睡的中年妇女，她的嘴微微张开，喉咙里发出一声鼾声。这种猪叫似的声音惹怒了我，有一瞬间我觉得只有一种方法能让鼾声停下来，那就是捏起发声部位的那处皮肉，拧到不出声为止。

我一直装睡到母亲起床去学校，但即使是我的眼皮也无法隔绝光线。那细小血管组成的红网像伤口一样悬挂在我眼前。我在床垫和加了垫子的床架之间爬行，让床垫像墓碑一样压在我身上。那下面感觉很黑很安全，但是床垫不够重。

还需要大概一吨的重量才能让我入睡。

河水流淌，经过夏娃与亚当教堂，从凸出的河岸，到凹进的海湾，沿着宽敞的循环大道，把我们带回霍斯堡和郊外……[1]

这本厚厚的书在我的肚子上留下了难看的凹痕。

河水流淌，经过夏娃与亚当教堂……

这句话的首字母用的是小写，我想它可能意味着没有什么真正的重新开始，也不需要大写字母，所有事物不过是周而复始循环往复。夏娃和亚当教堂指的就是亚当和夏娃，不过也可能指的是别的东西。

也许是都柏林的一家酒吧。

我的视线移到中间那个长单词上，像是没入了一盘字母

---

1 取自《芬尼根们的觉醒》。

汤里。

bababadalgharaghtakamminarronnkonnbronntonnerronntuonnthunntrovarrhounawnskawntoohoohoordenenthurnuk！[1]

我数了数字母。正好一百个。我想这一定很重要。

为什么要有一百个字母？

我结结巴巴地，试着把这个词大声读出来。

听起来，就像一块沉重的木头从楼梯上滚了下去，咚咚咚，一阶一阶地往下滚。我掀开书页，让它们在我的眼前慢慢扇动。上面的单词隐约有些熟悉，但又有些扭曲，就像游乐园哈哈镜里的脸。它们飞闪而过，在我镜面一般毫无沟壑的大脑表面没有留下任何痕迹。

我眯着眼睛看书页上的内容。

这些字母长出了倒钩和羊角。我看着它们彼此分开，愚蠢地上下摇晃，然后又自行组成奇妙的、无法解释的形状，就像阿拉伯语或汉语。

我决定放弃我的论文。

我决定放弃整个荣誉课程，做一名普通的英语专业学生。我还去查了大学对一个普通英专生的要求。

那上面列了很多要求，而我连一半都没有达到。这些要求的其中之一是修读一门关于十八世纪的课程。我讨厌十八世纪提倡的普遍观念，那些自以为是的男性作家喜欢写严格的小对句，极度推崇理性，因此我跳过了这门课。荣誉生是可以这么做的，我

---

[1] 乔伊斯创造的词，象征亚当和夏娃的堕落。

们的自由度更高。正因如此，我把大部分时间都花在了迪伦·托马斯[1]身上。

我有一个朋友也是荣誉生，从来没有读过莎士比亚写的一个字，但她是真正精通《四个四重奏》[2]的专家。

我很清楚，要从我原本的自选课程计划转到更严格的课程计划，那是几乎不可能的事，而且会让我非常尴尬。于是我查了一下妈妈任教的市立大学英语专业的要求。

他们那里甚至更糟。

你必须了解古英语和英语语言史，还要了解从《贝奥武夫》[3]时代至今所有有代表性的作品。

我很惊讶。我一直看不起母亲所在的大学，因为它男女同校，而且挤满了拿不到奖学金上东部名牌大学的人。

现在我发现母亲大学里最蠢的人都比我知道得多。我可以想象他们甚至不会让我进校门，更不用说像我自己的大学那样给我一大笔奖学金了。

我想我最好出去工作一年，好好想想。也许我可以自己私下研究十八世纪。

但是我不会速记，那我该怎么办？

我可以做女服务员或打字员。

但光是想象做这两样中的任何一个都令我无法忍受。

---

[1] 迪伦·托马斯：威尔士诗人。
[2] 《四个四重奏》：英国诗人托马斯·斯特恩斯·艾略特（1888—1965）代表作之一。
[3] 《贝奥武夫》：完成于公元八世纪左右，是迄今为止发现的英国盎格鲁-撒克逊时期最古老、最长的一部较完整的文学作品，也是欧洲最早的方言史诗，是欧洲三大英雄史诗之一。

"你说你想要更多安眠药？"

"是的。"

"但我上周给你的那些已经是强效药了。"

"那些已经没效了。"

特蕾莎睁着黑色的大眼睛，若有所思地看着我。我能听到她的三个孩子在咨询室窗户下的花园里玩闹。我的莉比阿姨嫁给了一个意大利人，特蕾莎是我阿姨的小姑子，也是我们的家庭医生。

我喜欢特蕾莎。她性情温柔，直觉敏锐。

我想这一定是因为她是意大利人。我们之间有一阵短暂的停顿。

"你怎么啦？"特蕾莎接着问道。

"我没法睡觉，也没法读书。"我竭力以一种冷静、从容的口吻说话，但一阵僵冷的感觉从我的喉咙升起，把我噎住了。我摊开手。

"我想，"特蕾莎从她的处方簿上撕下一张白纸，写下一个姓名和地址，"你最好去找我认识的另一位医生看看。他会比我更能帮助你。"

我瞥了一眼她写的，但看不懂。

"戈登医生，"特蕾莎说，"他是一位心理医生。"

11

戈登医生的候诊室是米色的,静默无声。

墙面是米色的,地毯是米色的,椅子和沙发的外皮也是米色的。屋里没有镜子或挂画,墙上挂着不同医学院的证书,上面用拉丁文写着戈登医生的名字。沙发边几、茶几和放杂志的桌子上都摆放着陶瓷盆栽,里面种着叶子卷缩的浅绿色蕨类植物,还有叶子带刺的暗绿色植物。

一开始我还纳闷,为什么这屋子会给人一种安全感,然后我意识到,这是因为房间里没有窗。

空调吹得我发抖。

我还穿着贝齐的白衬衫和阿尔卑斯紧身裙[1]。衣裙都有点皱,因为我已经在家待了三个星期,还没有洗过衣服。棉布上透出一股汗酸味,但闻着还行。

我也三周没洗头发了。

连续七晚没有睡觉了。

---

[1] 阿尔卑斯紧身裙:一种模仿阿尔卑斯山农民装束的服饰,上半身为紧身胸衣,下半身为宽大的裙摆,其名称取自德国方言,有"少女裙"之意。

母亲说我一定睡过，人不可能一直不睡觉。但如果我睡了，那一定是大睁着眼睛睡的，因为那七个夜晚里的每一晚，我都一直盯着床边时钟里的时针、分针、秒针——那几道荧光绿的轨迹画着圈和半圈，而我没有错过任何一秒、一分、一小时。

我不洗衣服和头发是因为那样做太愚蠢了。

在我看来，一年中的每一天就像一个个闪着白光的盒子一样向前排列着，而睡眠则像一道道黑影，将它们分开。只是对我来说，这道把盒子隔开的长阴影突然断了，只剩一个接一个的盒子在我面前冒着白光，如同一条广阔无垠、荒凉无比的白色大道。

既然今天洗了头发和衣服，明天还要再洗，那今天洗就显得有些愚蠢。

光是想想都让我觉得疲惫。

我希望每件事都只做一遍，之后就一劳永逸，永远不必再面对。

戈登医生转动着一支银色的铅笔。

"你母亲说你很难过。"

我面向戈登医生，蜷在一张深深下陷的皮沙发里，他和我之间隔着一张宽大锃亮的书桌。

戈登医生等着我说话。那支铅笔在记事簿整洁的绿色封面上轻轻敲着——啪，啪，啪。

他的睫毛又长又密，看上去跟假的一样，就像乌黑的塑料芦苇，围着两潭碧绿的、冰凉的池水。

戈登医生的五官如此完美，几乎可以算是漂亮了。

我一进门就讨厌他。

我想象的是一位和蔼、丑陋但直觉敏锐的男人,他会看着我,用鼓励的语气跟我说"嗨",仿佛他能看到一些我看不到的东西,这样我就能告诉他我是多么害怕,感觉自己正在被塞进一只黑暗的、密不透风的袋子里,无路可逃。

然后他会靠回他的椅背,手指对手指做尖塔状,告诉我为什么我睡不着觉,读不了书,吃不下饭,为什么每个人做的事看起来那么愚蠢,反正他们最终都是要死的。

再之后,我想,他会帮助我,一点一点找回我自己。

但戈登医生一点也不像这种人。他很年轻,长相俊美,而且我马上就看出他很自负。

戈登医生的书桌上有一张照片,镶在银相框里,一半朝着他,一半朝着我的皮椅。那是一张家庭照,上面有一位漂亮的、深色头发的女郎——可能是戈登医生的姐姐。她站在两个金发小孩的后面微笑。

我觉得其中一个是男孩,另一个是女孩,也可能两个都是男孩,或两个都是女孩。他们都太小了,很难分辨性别。我想照片里还有一只狗,就在最底下,是爱德华犬或金毛犬,但也可能只是女人裙子上的图案。

不知道为什么,这张照片让我大为光火。

我不明白他为什么要让这张照片半对着我,除非他想让我立刻明白,他已经和某位迷人的女士结婚了,我最好不要对他产生什么奇怪的遐想。

然后我想,戈登医生怎么可能帮我呢?看看他漂亮的老婆、孩子还有狗,他们就像圣诞卡上的天使一样围着他。

"你可以跟我说说看,你觉得哪儿有问题。"

我满腹狐疑地咀嚼着这几个字眼,就像在翻看被海浪冲刷得光滑浑圆的鹅卵石,我总担心它们会突然伸出爪子,变成别的东西。

我觉得哪儿有问题呢?

听起来好像在说,其实一切正常,只是我自己觉得不对劲。

为了证明我没有被他的好样貌或家庭照蒙骗,我用一种无精打采、毫无起伏的声音告诉他,我睡不着觉,吃不下饭,读不了书。我没有告诉他笔迹的事,尽管这是最让我苦恼的部分。

有天早上我想写一封信给多琳——彼时她正在西弗吉尼亚州。我想问她我能不能过去和她一起住,在她的学校找一份工作,比如做个服务员什么的。

我拿起笔,却只写出又大又歪的字母,像孩子写的一样。而且那些线条从左往右几乎呈对角线斜跨了整页纸,就像一些放在纸上的绳圈,有人走近,把它们吹歪了。

我知道不能寄一封这样的信出去,便把它撕成小碎片,放进了我的手袋,就在那只多功能化妆盒旁边,说不定精神科医生想看看呢。

当然,戈登医生没有说要看,因为我压根儿没有提这事儿。我为自己的机智得意不已。我想,我只会告诉他我想让他知道的部分。我可以隐藏一些东西,显露一些东西,以此掌控他对我的印象,而他还以为自己有多聪明呢。

我说话的时候,戈登医生一直低着头,仿佛在祈祷。除了我无精打采、毫无起伏的声音以外，房间里唯一的噪声就是他铅笔的啪啪声，他一直拍打在绿色记事簿的同一个地方，就像在拍打一根停滞不前的拐杖。

我说完以后，戈登医生抬起他的头。

"你说你在哪里上的大学？"

我不明所以，但还是告诉了他。我不明白大学跟这件事有什么关系。

"啊！"戈登医生靠回他的椅背，视线落在我的肩膀上方，脸上浮现出一种追忆往事的微笑。

我想他就要告诉我他的诊断结果了。也许我之前对他的判断下得太快，太不友好了。但他只是说："我对你的大学印象很深。战争期间我正好在那里。那里有个陆军妇女军团[1]的站点，对吗？还是志愿紧急服务妇女队[2]？"

我说我不知道。

"没错，是陆军妇女军团，我想起来了。我驻外之前在那里当医生。哎，那儿可有很多漂亮女孩。"

戈登医生笑了。

然后，他动作流畅地站起来，绕过书桌的桌角，悠然走向我。我不确定他要做什么，所以我也站了起来。

戈登医生伸手抓住我垂在右侧的那只手，握了一下。

"那么，下周见。"

联邦大道两侧是黄红砖头砌成的建筑外墙，密实、茂盛的榆

---

1 陆军妇女军团（WAC）："二战"期间美国陆军妇女分支。
2 志愿紧急服务妇女队（WAVES）："二战"期间美国海军妇女分支。

树遮蔽其间,打造了一条林荫隧道。一辆无轨电车沿着细长的银色轨道向波士顿驶去。我等电车开过,便穿过街道,向停在马路对面的灰色雪佛兰走去。

我能看见母亲焦虑不安的脸,她透过挡风玻璃盯着我,脸色像柠檬一样发黄。

"那么,他怎么说的?"

我把车门拉上,但没关严,于是我又把门推开,再使劲一拉,发出一记钝响。

"他说下周见。"

母亲叹了一口气。

戈登医生每小时收费二十五美元。

"嘿,你叫什么?"

"埃利·希金博特姆。"

水兵走上前,与我并肩而行,我嫣然一笑。

我觉得波士顿公园的水兵一定跟那里的鸽子一样多。他们好像都是从远处一个灰褐色的征兵所出来的。那个地方的内墙和周围的告示栏都贴满了"加入海军"的蓝白色海报。

"埃利,你是哪里人?"

"芝加哥人。"

我从没去过芝加哥,但我认识一两个在芝加哥大学上学的男孩,那里好像有很多不守规矩、脑子不清醒的人。

"你离家好远啊。"

水兵的手臂环过我的腰,我们就这样在波士顿公园走了很久。他的手隔着绿色的紧身裙摸我的屁股,而我一边不露声色地笑,一边小心避免说出任何可能暴露我是波士顿人的话,又或是遇到威拉德夫人或我母亲的其他朋友——她们去灯塔山[1]喝完下午茶或去菲尼斯地下商场[2]购完物之后,总会穿过波士顿公园。

我想如果我真的去了芝加哥,那我可能就会将名字永久改为埃利·希金博特姆。这样就没有人会知道我放弃了东部一所大型女子学院的奖学金,在纽约混了一个月,还拒绝了一个相当优秀的医学生的求婚,而这个人将来很可能会成为美国医学会的一员,挣大把钞票。

芝加哥的人会认识真实的我。

我可以做单纯的埃利·希金博特姆,一个孤儿。人们会喜爱我的甜美与娴静。他们不会追着我读书,写关于詹姆斯·乔伊斯双生子意象的长论文。有一天我可能会嫁给一个孔武有力但也温柔体贴的修车工,生一大堆孩子,就像多多·康韦一样。

如果我真这么突发奇想的话……

"你从海军退役之后准备干什么呢?"我突然问那个水手。

这是我说过的最长的一句话,好像把他吓了一跳。他把那顶纸杯蛋糕一样的白色帽子推到一边,挠了挠头。

"嗯,我不知道,埃利。"他这么说,"我可能会拿退伍军人的补贴去上大学[3]。"

我停下来,试探地问:"你有没有想过开一家修车店?"

---

[1] 灯塔山:波士顿一个历史街区,马萨诸塞州议会大厦和许多历史地标的所在地。
[2] 菲尼斯地下商场:位于波士顿市中心的名牌折扣商场。
[3] 1944年美国国会通过《退伍军人权利法案》,为在役或退伍军人提供资助,让他们有机会接受适当教育和职业训练。

"没有。"水兵如是说,"从没想过。"

我从眼角瞥了他一眼。他看着都没到十六岁。

"你知道我多大吗?"我带着责怪的语气问他。

水兵冲我咧嘴一笑:"不知道,我也不在乎。"

我突然发现这个水兵相当俊朗。他看着像北欧人,也像处男。这时的我心思单纯,看来还挺吸引干净英俊的男孩。

"嗯,我三十岁了。"我说完,等着看他的反应。

"哇,埃利,你看上去不像这么大。"水兵掐了一把我的屁股。

他快速地左右扫视了一番:"听着,埃利,我们可以走到那些台阶上,在纪念碑底下,我就可以吻你了。"

这时我注意到一个棕色的身影。那人穿着棕色平底鞋,正穿过波士顿公园,阔步朝我的方向走来。隔得太远,我根本看不清那张只有十美分硬币大小的脸,但我知道那是威拉德夫人。

"您能告诉我地铁站怎么走吗?"我大声对水兵说。

"哈?"

"就是去鹿岛监狱的那条地铁线。"

当威拉德夫人走近的时候,我要假装我只是在向这个水兵问路。我压根儿不认识他。

"把你的手从我身上拿开。"我咬牙切齿地说。

"埃利,怎么了?"

那女人走近,又径直从我身边走过去了。她没有看我一眼,也没有点头示意。那当然不是威拉德夫人。威拉德夫人还待在阿迪朗达克山区的小屋里呢。

我仇恨地盯着女人逐渐远去的背影。

"嘿，埃利……"

"我以为那是我认识的人。"我说，"芝加哥孤儿院的，一个该死的女人。"

水兵的手又搂了上来。

"你是说你无父无母吗，埃利？"

"是的。"我恰到好处地流下一滴泪。泪珠滑过我的脸颊，留下一道滚烫的痕迹。

"哎，埃利，别哭。这个女人，她对你很坏吗？"

"她……她糟透了！"

我的眼泪夺眶而出。当水兵抱着我，在一棵美国榆树的遮掩下，用一块宽大干净的白色亚麻手帕把我的眼泪擦干时，我在想，那位穿棕色衣服的女士得是个多么可怕的女人，不管她知道与否，她都得对我走过的弯路和之后发生的一切坏事负责了。

"那么，埃斯特，这周你感觉如何？"

戈登医生把铅笔托在手心，像托着一颗细长的银色子弹。

"老样子。"

"老样子？"他扬起一边眉毛，好像并不相信我的话。

于是我再一次用无精打采、毫无起伏的声音告诉他，我已经十四晚没睡觉，而且没法读书、写字或吃东西。只是这次我有点生气，因为他好像非常迟钝，理解不了我。

戈登医生看起来无动于衷。

我从手袋里翻找出写给多琳的那封信的碎片，并把它们掏出来，撒到戈登医生只字未写的绿色笔记本上。这些碎片静默无声地躺在上面，好似夏日草场上的雏菊花瓣。

"怎么样，"我问道，"您怎么看？"

我想戈登医生一定马上就能看出我的字迹有多糟，但他只是说："我想跟你母亲聊聊。可以吗？"

"可以。"但其实我一点儿都不想让他跟母亲谈。我觉得他可能会跟她说要把我关起来。我把写给多琳的信的碎片全捡起来，这样戈登医生就没法把它们再拼回去，从而看出我计划逃跑。然后我就走出了他的办公室，没有再说一句话。

我注视着母亲的身影渐渐变小，最后消失在戈登医生办公室所在建筑物的大门后面。然后，我又看着她的身形慢慢变大，回到车里。

"怎么样？"我可以看出她哭过。

母亲没有看我。她发动了车子。

当车在榆树清凉的、大海一样深邃的树荫下滑行的时候，她说："戈登医生说你的情况一点都没有好转。他认为你应该去他在沃尔顿[1]的私人医院接受休克治疗。"

我突然被一股强烈的好奇心攫住了，就像刚读到一则关于别人的可怕新闻头条。

"他的意思是住在那里吗？"

"不。"母亲说，她的下巴在颤抖。

我想她肯定在说谎。

---

1 沃尔顿：位于美国东部肯塔基州，离波士顿 892 英里。

"告诉我真相。"我说,"不然我就再也不跟你说话了。"

"我不是总对你说实话吗?"母亲说着,突然放声大哭。

自杀者在七楼墙壁外沿被救!

乔治·波鲁奇待在七楼狭窄的外沿上,底下是水泥地停车场和聚集的人群。两小时后,他在查尔斯街警局的警官威尔·基尔马丁的帮助下穿过最近的窗户,被带到了安全地带。

我从买来喂鸽子的花生里拿出一颗,剥开吃了。这种花生十美分一袋,吃起来很干瘪,跟老树皮似的。

我把报纸拿近了,观察起乔治·波鲁奇的脸。在聚光灯下,他的脸就像一轮将圆未圆的月亮,叠加在由墙砖和黑色天空构成的模糊背景上。我感觉他有重要的事情要告诉我,无论那是什么,都有可能写在他的脸上。

然而,正当我看着他的时候,乔治·波鲁奇干瘪肮脏的五官渐渐融化,分解成了浅中深三种灰度的圆点,规则地排布在一起。

这段黑色油墨印刷的文字没有说明波鲁奇先生为什么会出现在那里,也没有解释基尔马丁警官做了什么,才成功把波鲁奇拉进了窗户。

跳楼的问题在于,如果你找的楼层不够高,那么落地的时候你可能还活着。我想七楼肯定够了。

我把报纸叠起来,插在公园长椅的板条间隙里。这就是母亲所说的"黄色报刊",报道的都是当地的凶杀、自杀、斗殴和抢劫事件,而且几乎每一页都有一个半裸女郎,穿着连衣裙,领口大敞,酥胸半露,大腿也摆成妖娆的姿势,露出长丝袜的顶端。

我不知道自己为什么从来没买过这种报纸。现在我唯一能读下去的就是这种东西。夹在图片之间的小段落一下就被我读完了,那些字体还没来得及扭曲变化呢。在家里我能读的只有《基督科学箴言报》,它每天五点都会出现在门口的台阶上,只有周日除外。这份报纸对什么自杀、性侵、飞机失事之类的事件都轻描淡写,好像它们根本就没有发生过。

一艘白天鹅形状的游船载着一群孩子靠近我所在的长椅,绕着一个满是灌木和鸭子的小岛划了一圈,又回到阴暗的桥拱底下。每样东西在我眼中都显得很亮,而且很小。

就像透过一扇无法打开的门的锁眼,我看见了我和我的弟弟——只到成年人的膝盖那么高,手里抓着兔耳形状的气球。我们爬进天鹅游船,为了抢船边的位置打架,水面上铺满了花生壳。我的嘴巴里有一股很干净的薄荷味。如果我们在牙医那里表现得足够好,母亲总会带我们坐一次天鹅船。

我绕着波士顿公园走了一圈。上了桥,从蓝绿色纪念碑下方走过,经过插着美国国旗的花坛以及公园入口——那儿有一个橙白色条纹的帆布棚子,花二十五美分可以在里面拍照。我一边走,一边念着路边那些树的名字。

我最喜欢的是垂槐树[1]。我想这一定是日本的树种。日本人很懂跟精神有关的事。

---

[1] 原文 Weeping Scholar Tree 可以直译为"哭泣学者树"。

一有什么问题,他们就会剖腹。

我试着想象他们是怎么做到的。他们肯定有一把非常锋利的刀。不,可能是两把。他们会盘腿坐下,一手拿一把。然后他们会双手交叉,从两侧各拿一把刀指着肚子。他们还得把衣服脱了,不然刀会卡在他们的衣服里。

银光一闪。他们甚至没有时间细想,就把刀径直插了进去,像拉拉链一样,一把刀划上半圈,另一把划下半圈,合成一个完整的圆。接着他们肚子上的皮肤会松下来,就像盘子一样。他们的内脏会滑出来,最后他们就死了。

选择这种死法一定需要极大的勇气。

我的问题就在于我害怕见血。

我想我可以整晚待在公园里。

第二天早上,多多·康韦就要送母亲和我去沃尔顿,如果想逃走,现在就是最好的时机。我从手袋里翻找出一张一美元的钞票,还有一些十美分、五美分和一美分硬币,加起来有七十九美分。

我不知道去芝加哥要花多少钱,但我不敢去银行把我所有的钱取出来,因为我觉得多多·康韦很可能已经和银行职员通了气,只要我一有所动作,他们就会拦截我。

我想搭便车,但我不知道哪条路是从波士顿通往芝加哥的。在地图上找到方向很容易,但如果把我扔到某个具体的地方,我就会分不清方向。每当我想分辨出哪边是东哪边是西时,似乎都刚好是大正午,或者是多云天——这对我一点帮助都没有,又或者是夜间——可除了北斗七星和仙后座,我对星星一窍不通,这总让巴迪·威拉德泄气不已。

我决定走到巴士站，问问到芝加哥的票价。然后我再去银行，就取将将好那么多钱，这样不会引起太多怀疑。

我穿过巴士站的玻璃门，慢悠悠地走进去，浏览架子上的彩色旅游传单和时间表，然后突然想到镇上的银行马上就要关门了，因为现在已经是半下午了，我只能明天去取钱。

我在沃尔顿预约的就诊时间是明早十点。

这时广播响了。外面停车场有一辆巴士就要出发了，有人正在播报它会经过的站点。喇叭传出的声音夹杂着破落的杂音——就是经常会有的那种，所以你根本听不清楚。然后，在一堆噪声之中，我听到了一个熟悉的名字，就像是从交响乐团的一片调音声中清晰地听到一声钢琴的 A 音。

那是一个离我家只有两个街区的车站。

于是在这个七月末的下午，我一头冲进外面炎热的、尘土飞扬的空气里，满身大汗，满嘴沙尘，就像在赶赴一场重要的面试。我在引擎声中登上了那辆红色巴士。

我把车费递给司机，戴着皮套的铰链无声地动起来，巴士门在我身后关上了。

12

戈登医生的私人医院坐落在一个郁郁葱葱的坡顶，屋前是一条长长的、隐蔽的车道，上面铺满了白色圆蛤贝壳的碎片。这座大房子装了黄色的隔板墙，在阳光下闪着金光。房子外围是一圈环形游廊，圆拱形的草坪青翠盎然，但没有人在上面散步。

当我和母亲走近时，夏天的热浪扑面而来，一只蝉从屋后一棵紫叶山毛榉树的枝叶间飞出来。它的叫声听着跟一架空中割草机似的，衬得四周更加静谧。

一位护士在门口迎接我们。

"请在客厅里等一下，戈登医生马上就会过来。"

令我不解的是，这房子看起来一切正常，但我知道这里一定到处都是疯子。目之所及的窗户都没有装铁条，也没有令人不安的狂叫。阳光在破旧柔软的红色地毯上投下一块规则的椭圆光斑，空气中弥漫着新割野草的清香。

我在客厅的门口停了下来。

有那么一瞬间，我以为它是仿照我去过的一家旅馆的休息室建造的，它就在靠近缅因州的一个小岛上。耀眼的白光透过法式落地窗照进室内,一架三角钢琴放在房间最远的角落。人们穿着夏装,坐在牌桌边,或是柳条躺椅上——这种椅子在破落的海边度假村很常见。

然后我发现,所有人都是静止的。

我更仔细地观察起来,试图从他们僵硬的姿势中找到蛛丝马迹。我看出里面有男人和女人,还有年纪与我相仿的男孩和女孩。每个人脸上的表情都是一样的,仿佛他们已经在某个不见阳光的架子上躺了很长时间,身上落满了灰白的细小尘埃。

然后我发现有些人其实在动,只是他们的动作幅度太小,就像鸟儿振翅一样不起眼,所以一开始我并没有察觉。

一个脸色灰白的男人正在数一副牌,一、二、三、四……我想他一定是在数这副牌是否完整,但他数完一遍以后,又开始重数。在他旁边,一个胖女人在把玩一串木珠子。她把所有的珠子移到绳子的上端,又让它们重新落回绳子的下端,珠子相互碰撞,发出"咔啦""咔啦"的响声。

钢琴旁有一个年轻女孩正在翻阅乐谱,但她一发现我在看她,就愤怒地低下头,把乐谱撕成了两半。

母亲碰了碰我的胳膊,于是我跟着她走进房间。

我们坐在起伏不平的沙发上,没有说话。每当有人挪动身体,沙发就会嘎吱作响。

我的视线越过这些人,穿过轻薄的窗帘,落在一片绿荫上。我觉得自己仿佛坐在一个大型商场的橱窗里,周围的人都不是真人,而是商店里的假人,只是被画得像真人一样,维持着一种生活的假象。

我跟在身穿黑夹克的戈登医生后面,沿着楼梯往上爬。

在楼下大厅时,我本来想问他休克治疗是什么样的。但我张开嘴却一个字都迸不出来。我瞪大双眼,盯着那张熟悉的笑脸。那张脸就像个装满保证的盘子,在我面前浮动。

石榴红的地毯一直延伸到楼梯的顶端,接着有一块棕色的平纹油毡取而代之,油毡被钉在地板上,沿着走廊铺开,两旁是紧闭的白色房门。我跟在戈登医生后面,这时远处有一扇门打开了,我听到一个女人在大喊大叫。

突然,一名护士出现在前方的走廊拐角处。她领着一个身穿蓝色浴袍、及腰的长发蓬乱不堪的女人。戈登医生向后退让,我则贴靠在墙上。

女人被拖过去的时候,一边挥舞着手臂,在护士的束缚中挣扎,一边不停地说:"我要跳窗,我要跳窗,我要跳窗。"

护士又矮又胖、肌肉发达,制服正面污迹斑斑。她斜视的眼睛被厚厚的眼镜覆盖,就像有四只眼睛正透过那两片圆形玻璃镜片盯着我。我正试图分辨哪两只是真的,哪两只是假的,在两只真眼中,哪一只是斜视的,哪一只是正常的,她就把脸凑到我面前,龇着牙笑,好像要告诉我什么不为人知的秘密。仿佛是为了让我放宽心,她哑着嗓子说:"她以为能跳窗,但她跳不了,因为窗户都被封上了。"

戈登医生把我领到这栋房子背面一个空荡荡的房间里——这儿的窗户确实都上了铁条。房门、柜门、抽屉,所有能打开、能关上的东西都装上了钥匙孔,可以锁起来。

我躺在床上。

斜眼的护士回来了。

她解开我的手表，扔进她的口袋，然后开始扯我头上的发卡。

戈登医生正在开柜子上的锁。他拖出一张带轮子的桌子，上面摆着一台机器。他把它推到床头板后面。护士开始在我的太阳穴上涂抹一种难闻的油脂。

当她俯身去够我靠墙的那一侧太阳穴时，她肥大的乳房闷在我的脸上，就像一朵云或一只枕头，一股模糊的药味从她的身体里散发出来。

"别担心，"护士低头朝我咧嘴一笑，"每个人第一次都吓得要死。"

我尝试微笑，但皮肤已经绷得像羊皮纸一样了。

戈登医生将两块金属片安放在我的头两侧，然后用一条箍在我额头上的带子把它们固定住，又给了我一根铁丝让我咬住。

我闭上了眼睛。

一阵短暂的沉默，就像倒吸了一口气。

有什么东西压了下来，抓住我猛烈摇晃，就像世界末日一样。呜——呜——呜——呜，它嘶吼着穿过空气，闪烁着噼里啪啦的蓝光。每一次闪光，巨大的震动都会让我整个儿颠起来，我觉得骨头都要断了，体液也要飞溅而出，就像一株裂开的植物一样。

我不明白自己到底做了什么坏事。

我坐在一张柳条椅上，手里拿着一个装着番茄汁的小鸡尾酒杯。我的手表已经回到了手腕上，但它看起来很奇怪。接着我意识到，它上下颠倒了。我头上的发卡也别在了一个陌生的位置。

"你感觉如何？"

一盏老旧的金属落地灯浮现在我的脑海，它是我父亲书房里遗留的为数不多的物品之一。灯的外侧是一个铜罩，里面装着灯泡。有一根磨损的、颜色斑驳的电线，沿着金属支架一直延伸到墙上的插座。

有一天，我决定把这盏灯从母亲的床边移到房间另一头我的书桌边。这条电线足够长，所以我没有拔掉它。我用两只手紧紧抓住灯帽和那条破损的电线。

然后，一道蓝光闪过，有什么东西从灯里跳了出来，震得我牙齿咯咯作响。我想松手，但它们粘在了上面，于是我尖叫起来，或者说尖叫声冲破了我的喉咙——因为我没听出来那是自己的声音，只是听到它们在空中盘旋和颤抖，就像一缕被暴力剥离肉体的游魂。

然后我的手猛地挣脱开来，我跌回母亲的床上。一个像被铅笔芯戳黑的小洞出现在我的右手掌心。

"你感觉如何？"

"很好。"

但其实我感觉很糟糕。

"你说你上的是哪所大学？"

我告诉他学校的名字。

"啊！"戈登医生的脸色转晴，他缓缓露出一个几乎算热烈的笑容，"那里有一个陆军妇女军团，对吗，就在战争期间？"

母亲的指关节发白,仿佛在等我的这一小时里,那里的皮肤已经被磨掉了。她的目光掠过我,落在戈登医生身上。他一定是点了点头,或者是笑了笑,因为她的脸色放缓了。

"再做几次休克治疗,格林伍德夫人,"我听到戈登医生说,"我想情况就会大有改善。"

那个女孩仍然坐在钢琴凳上,被撕毁的乐谱像翅膀张开的死鸟一样落在她的脚边。

她盯着我,我也盯着她。她把眼睛眯起来,伸出舌头做了一个鬼脸。

母亲跟着戈登医生向门口走去。我磨蹭地跟在后面,等他们转身背对我时,我就转向那个女孩,用拇指推着两只耳朵指向她,也做了个鬼脸。她把舌头收了回去,脸色变得冷冰冰的。

我走到外面的阳光下。

多多·康韦那辆黑色旅行车就等在外面,像一匹黑豹,蛰伏在一片斑驳的树影中。

这辆旅行车最初是一位富有的社会名流订购的。车身通体纯黑,一点儿杂色都没有。里面的内饰也是用的黑色皮革。但当车送到的时候,这位名媛却很失望。她说,这就是一辆灵车,其他人也都这么认为,没有人愿意买这玩意儿。于是康韦夫妇就用折扣价把车买回了家,省了好几百美元。

我坐在前排,在多多和我母亲之间,沉默而萎靡。每当我试图集中注意力,我的思绪就会像溜冰一样,滑向一个巨大空旷的空间,心不在焉地跳起舞来。

"我受够戈登医生了。"我们与多多和她的黑色旅行车在一排松树后分别,然后我对母亲说,"你可以给他打电话,告诉他我下周不去了。"

母亲笑了:"我知道我的宝贝不是这样的。"

我看着她:"哪样?"

"像那些可怕的人一样,那家医院里那些可怕的死人。"她停了一下,"我知道你会下决心恢复正常的。"

小明星在昏迷 68 小时后病重离世。

我把手伸进手袋里摸索。里面有一堆纸屑、化妆盒、花生壳、五美分与十美分硬币,还有一个带衬垫的蓝盒子,里面装着十九把"吉列"刀片,最后,我终于找到了那天下午在橙白相间的棚子里拍的快照。

我把照片拿出来,放在那个死去的女孩脏兮兮的照片旁边。两张脸真像啊,嘴能对上嘴,鼻子能对上鼻子。唯一的区别是眼睛。快照上的眼睛是睁着的,而报纸照片上的眼睛是闭着的。但我知道,如果死者的眼睛睁开,就会用同样的眼神看着我,就跟快照上的眼睛一样,阴郁、空洞、死气沉沉。

我把快照塞回手袋。

"我就在这个公园的长椅上晒晒太阳,等那边建筑上的时钟再走五分钟,"我对自己说,"我就找个地方动手。"

我把收录在心底的声音放出来,就像一个小小的合唱团。

你对你的工作不感兴趣吗,埃斯特?

你知道吗,埃斯特,你具备成为一个真正神经病的所有潜质。

你这样将一事无成。你这样将一事无成。你这样将一事无成。

有一次,在一个炎热的夏夜,我花了一个小时和一个毛发浓密、长得跟猿人似的耶鲁法学生接吻,因为他丑得激起了我的同情。我亲完以后,他说:"我已经摸清你是什么类型了,宝贝,等到四十岁,你肯定会变成一个假正经。"

"矫揉造作!"我曾写过一篇名为《伟大的周末》的故事,学院的创意写作课教授留下了这几个潦草的大字。

我不知道这个词是什么意思,就去查了字典。

矫揉造作,人为的,虚假的。

你这样将一事无成。

我已经连续二十一晚没有睡觉了。

我想,世界上最美丽的东西一定是影子,形态千变万化,无处不在。抽屉、柜子和手提箱里有影子,房屋、树木和石头下有影子,人们的眼睛和笑容背后有影子。在地球的夜晚,影子绵延万里。

我低头看了看右腿的小腿肚子,上面两张肉色的邦迪创可贴形成了一个十字架。

那天早上,我开了个头。

我把自己锁在浴室里,在浴缸里放满温水,然后拿出了吉列刀片。

有人曾问过某个上了年纪的古罗马哲学家——也可能是别人，他想怎么迎接死亡，他说他要在温水中割开自己的血管。我以为这很容易。躺在浴缸里，看着手腕上开出一朵血红的花，在清澈的水中一圈又一圈地绽放，最后我会沉入水中睡去，水面则像开满罂粟花一样艳丽。

但等到动手的那一刻，我手腕上的皮肤看起来那么苍白，毫无防备，以至于我根本下不了手。好像我想杀死的东西不在那皮肤里，也不在我拇指下跳动的蓝色细脉里，而是在其他地方，更深、更隐秘、更难到达的地方。

这件事需要两个动作。先割一只手腕，然后割另一只手腕。如果算上把刀片从一只手换到另一只手，那就是三个动作。然后我就可以踏进浴缸躺下了。

我走到药柜前。如果我对着镜子动手，就会像是在看书里或戏里的什么人做这件事一样。

但镜子里的那个人已经瘫软了，傻了，什么也做不了。

我想，也许我应该放点血练练手。于是我坐在浴缸边沿，把右脚踝放在左膝盖上，然后举起拿着刀片的右手，让手像断头台的刀一样落在了我的小腿肚子上。

一开始我没有任何感觉，接着我感到一阵细微的、深深的战栗，鲜红的血线从伤口处涌出来。暗沉的血滴汇聚在一起，像水果一样，顺着我的脚踝滚进我的黑色漆皮鞋里。

我正想踏进浴缸，但马上意识到，因为磨磨蹭蹭，我已经错过了上午动手的最好时机，可能在我死掉之前，母亲就已经回家，并且找到我了。

于是我包扎好伤口，收拾起我的"吉列"刀片，赶上了十一点三十分去波士顿的巴士。

"抱歉，宝贝，没有地铁能到鹿岛监狱，它在一座岛上。"

"不，它不在岛上，它曾经在一座岛上，但后来他们填了海，现在它跟大陆是连着的。"

"没有地铁到那里。"

"我一定要去那里。"

"嘿，"售票处的胖子隔着窗栏看着我，"别哭了。你的谁在那里，亲爱的，亲戚？"

在斯科雷广场的地下车站，照明灯昏暗的光线中，人们推搡着、拥挤地从我身边擦过，匆忙追赶着在肠子一样曲折的隧道里轰隆进出的火车。我感觉到泪水开始从我眯紧的双眼里奔涌而出。

"是我父亲。"

胖子查看了售票室墙上的图表。"你这样，"他说，"你搭那边那辆火车，在东方高地站下车，然后搭一辆经停'海角'的巴士。"他冲我咧嘴一笑，"巴士会带你直达监狱大门。"

"嘿，你！"一个穿着蓝色制服的年轻小伙在棚屋门口挥手。

我也向他挥了挥手，然后继续往前走。

"嘿，你！"

我停下前行的脚步，慢慢走向那间棚屋，它就像一间坐落在荒地上的圆形客厅。

"嘿，你不能再往前走了。那里是监狱的范围，外人不得擅自入内。"

"我以为沿着海滩去哪儿都可以，"我说，"只要不越过涨潮线。"

这家伙想了一会儿。

然后他说："这片海滩不一样。"

他有一张讨人喜欢的、朝气蓬勃的脸。

"你这儿不错，"我说，"就像一座小房子。"

他回头看了一眼铺着编织地毯、挂着轧光印花棉窗帘的房间，微微一笑。

"我们还有一个咖啡壶呢。"

"我在这附近住过。"

"别开玩笑啦，我就是土生土长的镇里人。"

我的视线越过沙丘，看到了一个停车场和一道铁栅栏门，再往前是一条窄道。海水轻轻拍打着小道的两边，一直延伸到那座曾经的海岛。

监狱的红砖建筑看起来很不错，像一所滨海大学。监狱左侧有一座绿草如茵的小山丘，我可以看到上面有一些移动的小白点和大一点的粉色斑点。我问守卫那些是什么，他说："是猪和鸡。"

我想，如果曾经的我选择继续生活在这个古老的小镇，我可能会在学校里与这个守卫邂逅，然后跟他结婚，现在应该已经生下一打孩子了。这样挺好的——带着一群孩子、猪和鸡住在海边，穿着我祖母称之为"洗衣裙"的衣服，坐在铺着明亮油毡的厨房里，举着肥壮的手臂，一壶接一壶地喝咖啡。

"怎么才能进监狱呢？"

"你得有通行许可。"

"不是，我是说怎么才能被关进去？"

"噢，"守卫大笑道，"去偷一辆车，或者抢一家店。"

"这里有杀人犯吗？"

"没有，杀人犯会被送去一所更大的州监狱。"

"这里还有些什么人呢？"

"嗯，入冬第一天，我们就从波士顿抓来一群老家伙。他们用一块砖砸烂窗户，然后就被逮进来过冬了。监狱里不用挨冻，有电视看，有很多东西吃，周末还有篮球比赛。"

"那很不错。"

"如果你喜欢，那的确不错。"守卫说。

我道了声再见，转身离开，其间只回头看了一眼。守卫仍然站在他的哨亭门口，当我转身时，他抬起手臂敬了个礼。

我坐的这根木头像注了铅一样重，有焦油的味道。小丘上有一座粗重的灰色圆筒形水塔，水塔下是一片沙洲，弯弯曲曲地向大海延伸。涨潮时，这片沙洲会被完全淹没。

我清楚地记得这片沙洲。在它内凹的拐弯处，藏着一种特殊的贝壳，在这片海滩的其他地方都找不到。

这种贝壳很厚，很光滑，拇指关节一般大，通常是白色的，有时也有粉红或桃红色的，长得像一种不大不小的海螺。

"妈咪，那个女孩还坐在那里。"

我百无聊赖地抬头，看到一个小小的、满身是沙的孩子，正被一个眼神锐利的瘦削女人拽离海边，这个女人穿着红色短裤和红白波点的挂脖吊带衫。

我没料到海滩上会挤满来消暑的人。在我离开的十年里，花哨的蓝色、粉色和淡绿色的棚屋从海角平坦的沙滩上冒了出来，就跟一簇簇寡然无味的蘑菇似的。银色的飞机和雪茄形的飞艇都不见了，取而代之的是喷气式飞机，飞机从海湾对面的机场起飞，伴着响亮的轰鸣声掠过众多屋顶。

作为海滩上唯一一个穿裙子和高跟鞋的女孩，我知道自己一定很显眼，但没过一会儿，我就把漆皮鞋脱了下来，因为穿着皮鞋走路总会陷进沙子里。一想到我死后，皮鞋仍会待在这根银色的木头上，像某种灵魂指南针一样指向大海，我就十分开心。

我用指尖碰了碰手袋里那盒刀片。

然后我觉得自己真是太蠢了。虽然我有刀片，但这里并没有温水浴。

我想着租一个房间。在这种消暑胜地，一定有寄宿公寓。但我没有行李，这样就会引起别人的怀疑。此外，寄宿公寓的浴室总有人在排队。我来不及下手，也来不及踏进浴缸，就会有人不耐烦地来砸门。

一群海鸟在沙洲尾端的木桩上支棱着，发出猫一样的叫声。然后它们一个接一个地拍打着翅膀飞起来，变成一群烟灰色的影子，盘旋在我的头顶哭号。

"嘿，女士，您最好不要坐在这里，要涨潮了。"

这个小男孩蹲在几英尺开外的地方。他捡起一块圆形的紫色石头，把它扔进水里。随着扑通一声响，海水把石头吞没了。然后他又四处翻找，干燥的石头撞在一起，像钱币一样咣当作响。

他把一块扁平的石头掷向暗绿的水面，打了一个水漂。石头跳了七次，才消失在我们的视线中。

"你为什么不回家？"我说。

男孩又掷出另一块更重的石头，它在第二次弹跳后就沉了下去。

"不想回去。"

"你妈妈在找你。"

"她没有。"他听起来很紧张。

"如果你回家，我就给你一些糖果。"

那男孩磕磕绊绊地朝我走近了点儿："是什么样的？"

但我不用看就知道，我的手袋里只有花生壳。

"我可以给你一些钱，拿去买糖果。"

"亚瑟！"

沙洲上真的出现一个女人，打着滑朝这边走来。她一定在自言自语地咒骂着什么，因为在她清晰、强势的呼唤间隙，她的嘴唇依然在上下翕动。

"亚瑟！"

她用一只手遮在眼睛上面，似乎这样能帮助她在越发浓重的海边暮色中分辨出我们。

我察觉到，男孩的心思愈发受他母亲吸引，对我的兴趣减淡了。他开始假装不认识我，像在寻找什么东西似的踢翻了几块石头,然后就走了。

我打了个寒战。

石头堆在我光裸的脚下,沉重又冰冷。我开始渴望取回放在沙滩上的黑鞋。一阵海浪像手一样缩了回去,然后又伸上前来摸我的脚。

这种湿度像是来自海底,在那里,目不能视的白鱼用自身的光为自己摆渡,穿过极地的酷寒。我看到鲨鱼的牙齿和鲸鱼的耳骨像墓碑一样散落在海底。

我等待着,好像大海能替我做决定似的。

另一波海浪带着白色泡沫打在我的脚上,寒气紧紧抓住我的脚踝,带来致命的疼痛。

我的肉体在这样的死亡面前畏缩了,像懦夫一样。

我拿起手袋,踩着冰冷的石头往回走。回到紫色夜幕下,我的鞋子驻守的地方。

13

"当然是他的母亲杀了他。"

我的目光落在乔迪介绍给我的男孩的嘴上。他的嘴唇厚实红润,浅金色的柔顺发丝下,一张娃娃脸半隐半现。他的名字叫加尔,我觉得后面肯定还有什么,但我想不出来,除非他的全名是加利福尼亚。

"你怎么能确定是她杀了他?"我说。

加尔应该很聪明。乔迪在电话中告诉我,他很可爱,我会喜欢他的。我在想,如果我还是曾经的我,是否会喜欢他。

我根本想不出个所以然来。

"嗯,她一开始说'不杀不杀',后来就说'要杀'。"

"但后面她又说'不杀'。"

加尔和我并排躺在一片泥泞的沙滩上,与林恩市[1]只隔了一个沼泽地。我们身下垫着一块有橙色和绿色条纹的毛巾。乔迪和马克——她配对的男孩,正在游泳。加尔不愿意游泳。他想聊

---

[1] 林恩市:隶属美国马萨诸塞州埃塞克斯郡,离波士顿 13 英里左右。

天，于是我们便开始讨论一出戏——一个年轻男人发现自己得了脑疾，因为他父亲跟不干净的女人乱搞。他的大脑功能越来越弱，最后完全崩溃了。他的母亲一直在犹豫要不要杀了他。

我怀疑是我的母亲打了电话给乔迪，求她叫我出去，这样我就不会整天闷在房间里，还关着百叶窗。起初我并不想去，因为我觉得乔迪会注意到我的变化，但凡他们看我一眼，都会发现我根本就没有脑子。

车子先往北开，然后往东开，一路上乔迪一直在开玩笑，叽叽喳喳说个不停，似乎并不在意我只会说"天哪""哎"或者"怎么会"。

我们用海滩上的公共烤架烤热狗，通过仔细观察乔迪、马克和加尔的动作，我成功把我的热狗烤得恰到火候，没有烧焦或掉进火里——我很怕会这样。然后，趁没人注意，我把它埋进了沙里。

吃完饭以后，乔迪和马克手拉手跑进海里，而我躺回去，双眼望天，听加尔不停地讲这出戏。

我记得这出戏只有一个原因，那就是里面有一个疯子。我读过的所有跟疯子有关的东西都牢牢扎根在我的脑海里，而其他的一切都消失不见了。

"但关键就是她说了'要杀'，"加尔说，"她最后还是会回到这个决定的。"

我抬起头，眯着眼睛看向海面。大海就像一个蔚蓝的盘子，边缘脏兮兮的。在距离石块嶙峋的海岬近一英里的地方，一块圆形的灰色大石头从水里探出头来，活像一颗鸡蛋的上半部分。

"她要用什么东西杀他?我忘了。"

我没有忘。我记得非常清楚,但我想听听加尔怎么说。

"吗啡粉。"

"你觉得美国能找到吗啡粉吗?"

加尔想了一会儿:"我不觉得,这种东西听起来早就过时了。"

我翻过身子趴着,朝着林恩的方向,眯着眼睛看那边的风景。一片发光的雾气从冒火的烤架和炙热的马路上蒸腾起来。隔着雾气,就像透过一层清澈的水帘往外看,我可以看到油箱、工厂的烟囱、石油井架和桥梁,它们连成了一道混浊的天际线。

看起来真是一团糟。

我又翻了个身,重新仰躺着,状似无意地问:"如果你要自杀,你会怎么做?"

加尔似乎很高兴:"我经常想这个问题。我会一枪打爆自己的脑袋。"

我很失望。这就是男人会干的事,用枪解决。而我连摸枪的机会都没有。即使我有,我也不知道该朝身上的哪个部位开枪。

我曾经在报纸上读到,有人开枪自杀,却只射中了一条重要的神经,瘫痪了。有人把自己的脸打烂了,却被外科医生奇迹般地抢救了回来,没死成。

看来用枪的风险很大。

"什么样的枪?"

"我父亲的猎枪,里面一直装着子弹。我只需哪天走进他的书房,然后,"加尔用一根手指对准自己的太阳穴,做了一个滑稽的、扭曲的表情,"咔嗒。"他睁大那双浅灰色的眼睛,瞪着我。

"你父亲该不会刚好住在波士顿附近?"我随意问道。

"不,他在滨海克拉克顿[1]。他是英国人。"

乔迪和马克手拉手跑过来,一边跑一边甩身上的水珠,就像两只可爱的小狗。我觉得这里人太多了,于是站起来,假装打了个哈欠。

"我想去游一会儿。"

跟乔迪、马克和加尔待在一起这件事开始压迫我的神经,就像在钢琴弦上放了一个沉重的木块一样。我担心我的控制力随时都会崩溃,我会开始胡言乱语,告诉他们我如何读不了书、写不了字,我一定是唯一一个整整一个月没有睡过觉,却还没有累死的人。

我的神经好像冒出了一股烟,就像从烤架和吸满了暑气的路上升起的烟。整个景色,包括海滩、岬角、海洋和礁石,都在我眼前颤抖,跟舞台后面的背景布似的。

我想知道,从哪个分界点开始,这愚蠢、虚假的天空蓝才会转成黑色。

"你也去游会儿吧,加尔。"

乔迪俏皮地推了加尔一把。

"噢——"加尔把他的脸埋进毛巾里,"太冷了。"

我开始往水里走。

在一望无际、没有阴影的正午阳光下,海水看起来莫名亲切。

---

[1] 滨海克拉克顿:位于英格兰东部埃塞克斯郡滕德林半岛,是滨海度假胜地。

我想，溺水一定是最仁慈的死法，而燃烧是最糟糕的死法。巴迪·威拉德说过，他带我看的那些罐子里的婴儿，里面有一些是有腮的，他们经历过一个类鱼的阶段。

一个小小的、裹挟着垃圾的浪花，带着糖纸、橘皮和海藻，涌上我的脚。

我听到身后的沙子发出沉闷的声响。加尔走了过来。

"我们游到那块礁石那儿吧。"我指着那里。

"你疯了吗？到那儿起码有一英里。"

"怎么？"我说，"你是胆小鬼吗？"

加尔抓住我的手肘，把我推入水中。在水深及腰的地方，他把我按到水下。我浮上来，拍打着海水，水花四溅之间，我的眼睛被海水里的盐分熏得发干。在水下看，海水是绿色的，半透明的，就像一大块石英。

我开始用自己改良过的狗刨式泳姿朝礁石游去，加尔则慢吞吞地游着自由泳。过了一会儿，他把头抬起来，踩着水。

"游不动了。"他喘着粗气。

"好吧，你回去吧。"

我想我要一直往前游，游到没有力气折返为止。当我继续划水时，我的心跳就像迟钝的马达一样怦怦作响，震得我耳朵疼。

我在我在我在。

那天早上，我试图上吊自杀。

母亲一去上班，我就抽出她黄色浴袍上的丝带，在卧室琥珀色的光影之间，打了一个可以上下滑动的结。我花了很长时间才成功，因为我不擅长打结，也不知道怎么打才对。

然后我到处找一个固定丝带的地方。

问题在于，我们的天花板不对，它是那种很低的、用白色石膏抹得很光滑的天花板，看不到一盏灯具，也没有一根木梁。我想念祖母的房子——她把它卖掉以后，和我们住了一阵子，又搬去和莉比姨妈住了。

祖母的房子是十九世纪的精致风格，有高房顶，牢固的吊灯架子，高大的壁橱——里面装着牢靠的横杆，还有一个没人去过的阁楼，里面堆满了行李箱、鹦鹉笼子和模特假人，房梁像船板一样粗。

但那是一座老房子，而且她已经把它卖了，我不知道还有谁有这样的房子。

那条丝带像一只黄猫的尾巴一样挂在我的脖子上，我走来走去，找不到地方绑，这让我很沮丧，最后我坐在母亲的床边，试着用手拉紧丝带。

但每当我勒得很紧，感觉到耳朵发涨，脸也充血时，我的手就会发软，松开，我就又没事了。

我发现我的身体擅长耍各种小花招，比如在关键时刻让我的手瘫软下来，这样我的身体就不会死了，每次都是这样。如果我能全权做主，那么我将在瞬间死去。

我要做的很简单——用我仅剩的意识去伏击我的身体，否则意识就会把我困在它愚蠢的笼子里，麻木地活五十年。当人们发现我的脑子已经没了的时候——尽管母亲对此守口如瓶，但他们迟早还是会发现的——他们就会劝她把我送去精神病院治疗。

只是我的病是不治之症。

我在药店买了几本关于异常心理学的书，将我的症状与书中的症状进行了比较。果然，我的症状与最无望的病例相符。

除了那些黄色报刊，我唯一能读的就是这些异常心理学的书，它们就像是命运给我留的一线希望，让我得以充分了解我的病情，然后用恰当的方式结束这一切。

自缢失败之后，我想过是不是应该放弃自杀，把自己交给医生。然后我想起了戈登医生和他的私人电击器。一旦我被关起来，他们就会一直用它来对付我。

然后我还想到我的母亲、弟弟和朋友，他们每天都会来探望我，希望我能够好起来。慢慢地，他们的探视会变少，他们会放弃希望。他们会变老。他们会忘记我。

他们还会变穷。

一开始，他们会希望我得到最好的护理，把所有的钱都投到像戈登医生开设的那种私人医院里去。最后，钱花光了，我就会被转移到一家州立医院，和成百上千个跟我一样的人一起被关在地下室的大笼子里。

你越是绝望，他们就把你藏得越深。

加尔已经转身往回游了。

就在我看着他的这会儿，他已经费力地慢慢游出了齐颈深的水域。在卡其色沙滩和岸边碧绿波浪的映衬下，有那么一瞬间，他的身体就像一条被一分为二的白色虫子。接着这条虫子完全爬出碧绿的水面，到了卡其色的沙滩上，消失在岸上几十上百条虫子之间——在那海天相接的地方，这些虫子有的在蠕动，有的只是懒散地躺着。

我在水中划动我的手，踢动我的脚，但似乎并没有离那块蛋形石头近多少，还是和我跟加尔在岸上看到时一样远。

然后我发现，游到那块石头所在的远处是毫无意义的，因为我的身体会找借口爬上去，躺在阳光下，蓄满力量再游回来。

我唯一要做的事就是当场淹死自己。

所以我停了下来。

我把手放到胸前，低头一边往下潜，一边用手把水拨到一边。海水压在我的耳膜和心脏上。我往下划水，但还没等我弄明白自己到了哪儿，海水就已经把我推回了阳光下，世界在我周围闪闪发光，就像铺满了蓝色、绿色和黄色的半宝石。

我把水从眼睛里抹掉。

我喘着粗气，就像经历了一场剧烈运动，但其实我只是浮在那里，没费什么力气。

我潜下去，再潜下去，但每次都会像软木塞一样弹上水面。

那灰色的礁石嘲笑着我，跟我一样漂浮在水面上，像救生圈一样轻松。

我知道，我被打败了。

我转身往回游。

当我用车推着鲜花穿过走廊时，鲜花就像一群开朗的、有教养的孩子，频频点头示意。

我穿着灰绿色的志愿者制服,觉得自己很傻,而且还很多余,我不像那些穿白色制服的医生和护士,甚至不如那些穿棕色制服的清洁工,她们拿着拖把和脏水桶一言不发地从我身边经过。

如果我有报酬,不管多少,我至少可以把这算作一份像样的工作,但我推着杂志、糖果和鲜花走了一上午,最后只得到一顿免费的午餐。

母亲说,如果你不想顾影自怜,最好的方法就是帮助那些比你处境更糟的人,所以特蕾莎安排我到当地医院做志愿者。要进这家医院做志愿者可不容易,因为青年女子联盟[1]的所有成员都抢着要做,但我很幸运,她们中有很多人都去度假了。

我本来希望他们把我派到一个有真正可怕病例的区域,这些病人会看到我麻木、呆滞的外表下隐藏的善意,并对我心存感激。但志愿者的负责人是当地教会的一位上流人士,她看了我一眼:"你去产科。"

于是我坐电梯到四楼的产科病区,向护士长报到。她让我负责一推车的鲜花,把花瓶放到对应病房的床位上。

但还没等走到第一个房间,我就发现很多鲜花都耷拉着脑袋,边缘呈现出焦褐色。我想,对一个刚生完孩子的女人来说,看见有人把一大束枯萎的花扔到眼前,她一定会很沮丧。于是我把小车推到走廊的内凹洗手池前,开始把所有枯死的花挑出来。

之后我又把所有快要枯萎的花也挑了出来。

---

1 青年女子联盟:由上层社会的有闲年轻女子组成,志愿从事社会福利工作。

我没有看到垃圾桶，便把这些花揉成一团，放在白色的深水槽里——水槽冷得像坟墓一般。我笑了。他们一定也是这样把尸体放在医院停尸房里的。我的举动微不足道，但它呼应了医生和护士所做的事。

我推开第一间病房的门，拉着手推车走了进去。有几个护士跳了起来。我疑惑地对着满房间的架子和药柜。

"你想干吗？"其中一位护士严厉地问道。她们看着都一样，我分不清谁是谁。

"我正在送这些花。"

说话的护士把一只手放在我的肩膀上，另一只手熟练地操纵着手推车，就这样带我出了房间。她推开隔壁房间的门，点头示意我进去，然后就消失了。

我能听到远处传来咯咯的笑声，直到一扇门关上，将一切隔断。

房间里有六张床，每张床上都有一个女人。她们都坐着，一边织着东西、翻着杂志或卷着头发，一边喋喋不休地聊天，像宠物小屋里的鹦鹉一样。

我原以为她们会在睡觉，或者白着一张脸安静地躺着，这样我就可以蹑手蹑脚地走过去，对着床位号和花瓶胶布上的数字，顺利地把花瓶放好。但我还没来得及搞清楚状况，就有一个活泼奔放的金发女人向我招手。她有一张棱角分明的三角脸。

我把手推车放在房间中央，向她走去，但她做了一个不耐烦的手势——我看出她想让我把车也带过去。

于是我把车推到她的床边，露出一个乐于助人的微笑。

"嘿,我的飞燕草呢?"病房对面一个身材高大、体态臃肿的女人用她的鹰眼扫视着我。

这位脸部曲线分明的金发女郎弯下腰查看手推车里的花。"我的黄玫瑰在这里,"她说,"但它们和一些讨厌的鸢尾花混在一起了。"

其他人的声音加进来,和这两位交叠在一起,吵吵嚷嚷,满室牢骚。

我正打算解释我把一堆枯萎的飞燕草扔进洗手池里了,而且因为剩下的花太少,有些花瓶被清理过后看着很小气,所以我把几束花合成了一束,好填满花瓶的位置。这时,门一下子被推开了,一个护士大步走进来,查问骚乱的原因。

"听着,护士,昨晚拉里带给我的是这么大一束飞燕草。"

"她弄乱了我的黄玫瑰。"

我边跑边解开绿色制服的扣子,顺手把制服塞进了洗手池,跟那些枯萎的花放在一起。然后,我沿着没什么人走的侧门楼梯,一步两台阶地走到街上,其间没有遇到任何人。

"去墓园怎么走?"

穿黑色皮夹克的意大利人停下来,指了指白色的卫理公会教堂后面的小巷。我记得卫理公会教堂。在我人生的头九年里,我一直是卫理公会派教徒。后来父亲去世,我们搬了家,我才转成了一位论派。

我母亲在成为卫理公会派教徒之前是一名天主教徒。我的外祖父母和莉比姨妈如今依然是天主教徒。莉比姨妈曾和我母亲在同一时间脱离天主教会，但后来她爱上了一个意大利天主教徒，所以她又回归了。

最近我也考虑过加入天主教会。我知道，天主教徒认为自杀是一种可怕的罪过。但如果真是这样，也许他们会有办法说服我放弃自杀。

当然，我不相信死后永生，不相信圣灵感孕[1]，不相信宗教裁判所，也不相信那个猴子脸的小个子教皇是绝对正确的。但我没必要让神父发现这些，我只需谈论我的罪行，他就会帮我忏悔。

唯一的问题是，教会，即使是天主教会，也不能填满你生活的全部。无论你如何跪拜、祈祷，你仍然要为一日三餐奔波，找一份工作，在这世上活下去。

我想知道，加入天主教以后要等多久才能成为修女，我这么问母亲，以为她会知道最佳途径。

我母亲嘲笑我道："你觉得他们会马上接受像你这样的人吗？你不仅要知道所有教理和信条，还要去相信、记牢、保存在脑子里。就你这样的脑子？！"

不过，我还是会想象自己去找波士顿的某个神父——必须是波士顿的，因为我不想让镇上的任何神父知道我有自杀的想法。神父们八卦得可怕。

我将穿着黑衣，带着一张惨白的死人脸，趴在神父的脚边："神父，帮帮我。"

但这都是以前的想法了。后来人们都开始以一种怪异的神情

---

[1] 传统基督教教义认为，基督是圣母马利亚受圣灵感孕诞下的，而非性行为。

打量我，就像医院里的那些护士一样。

我很确定天主教不会接纳任何疯子当修女。莉比姨妈的丈夫曾经讲过一个笑话——修道院把一名修女送去给特蕾莎医生检查。这个修女总是听到竖琴声，还有一个反复说着"哈利路亚"的声音。但是经过仔细询问，她还是不确定，这个声音到底是在说"哈利路亚"，还是"亚利桑那"——修女出生于亚利桑那州。我想她最后被送到了某个精神病院。

我把黑纱拉到下巴的位置，穿过锻铁的大门走了进去。我觉得很奇怪，父亲被埋在这座墓园里这么久，我们都还没有来看过他。母亲没有让我们参加他的葬礼，因为我们当时还只是孩子，而且他是在医院去世的，所以这座墓地，甚至他的死亡，对我而言都不太真实。

最近，我产生了一种强烈的渴望，想弥补多年来对父亲的忽视，想开始打理他的墓地。我一直是父亲最疼爱的孩子，看来我应该承担起悼念的工作——母亲从未做过这件事。

我想，如果父亲没有死，他一定会教我各种关于昆虫的知识——这是他在大学里教授的专业。他还会教我德语、希腊语和拉丁语。他会说这几门语言。也许我会成为一名路德教徒。父亲曾经加入过威斯康星州的路德教会，但在新英格兰，路德教已经过时了，所以他脱离了路德教，然后，母亲说，他变成了一个愤世嫉俗的无神论者。

这个墓园让我很失望：位于郊区，地势较低，就像一个垃圾场。我在碎石路上来回走动的时候，能闻到远处的盐沼死气沉沉的臭味。

墓园的老区还不错，那里有破旧平整的墓碑和爬满青苔的纪念碑。但我很快意识到父亲一定是埋在新区，因为新区的墓碑上刻的日期都是二十世纪四十年代。

新区的墓碑粗糙且廉价，到处都是大理石镶边的墓穴，就像装满泥土的椭圆浴缸。大概在尸骨肚脐眼的位置，一个生锈的金属容器插在上面，里面装满了塑料花。

蒙蒙细雨从灰色的天空飘落，我变得非常沮丧。

我哪儿都找不到父亲。

沼泽地和沙滩棚屋的后面是海天相接的地平线，低矮的、蓬松的云层快速掠过。雨点把我早上买的黑色麦金托什雨衣[1]打湿，让它的颜色显得更深了。湿冷的凉意浸入我的皮肤。

我问过那个销售女孩："这是防水的吗？"

她说："没有雨衣是防水的，它是防淋的。"

我问她什么是"防淋的"，她劝我最好还是买一把雨伞。

但我没有足够的钱买伞。进出波士顿的车费、花生、报纸、异常心理学的书，还有去海边老家的旅行几乎花光了我在纽约存下来的钱。

我已经决定，等银行账上没钱了，我就动手。那天早上我把最后一点钱花在了这件黑色雨衣上。

然后我看到了父亲的墓碑。

父亲的墓碑跟另一块墓碑挤在一起，头挨着头，就像爱心病房空间不够时，人们挤住在一起的样子。这块墓碑是一块斑驳的

---

[1] 一种防水外套或雨衣，得名于其防水材料的发明者查尔斯·麦金托什。

粉色大理石，就像罐头里的三文鱼一样。上面只有父亲的名字，以及名字下方被小破折号隔开的两个日期。

我把一束沾着雨水的杜鹃花放在墓碑前面——这是从墓园门口的灌木丛中采来的，然后，我屈起双腿压在身下，在湿漉漉的草地上跪坐下来。我不明白自己为什么哭得这么厉害。

然后我想起来，我从来没有为父亲的死哭过。

母亲也没有。她只是微笑着说，他的死真是一件仁慈的事。因为如果他还活着，就会变成瘫子，一辈子都是废人。他肯定无法忍受这样的生活，他宁愿死也不愿意让这种事发生。

我把脸贴在光滑的大理石上，在冰冷的、咸味的雨幕中为我失去的一切哭号。

我知道该怎么动手了。

听见车胎嘎吱嘎吱地轧过车道，发动机的声音逐渐远去，我便从床上跳下来，匆匆穿上白衬衣、绿花裙还有黑雨衣。我感觉雨衣还是湿的，带着前一天残留的水汽，但这很快就不重要了。

我走下楼，从餐桌上拿起一只淡蓝色的信封，在背面潦草地写了几个大字——看得出写得很费劲：我要去远一点的地方走走。

我把信立在母亲一进门就能看到的地方。

然后我笑了。

我忘了最重要的事。

我跑上楼，将一把椅子拖进母亲的壁橱。然后爬上去，伸手去够架子最上层的绿色小保险箱。箱子的锁很脆弱，我可以徒手扯下那个金属盖子，但我还是想以一种平静、有序的方式去做这件事。

我拉开母亲橱柜右上角的抽屉，取出一个蓝色珠宝盒。盒子就藏在一块带着香气的爱尔兰亚麻手帕下面。然后我取下别在深色天鹅绒上的小钥匙，用它打开保险箱，拿出那瓶新的药。药的数量比我想象的多。

至少有五十颗。

如果等母亲一晚一晚地分给我，我得花五十个晚上才能攒够这么多。而且五十个晚上以后，学校已经开学，弟弟也已经从德国回来，到时候就太晚了。

我把钥匙别回珠宝盒——里面塞满了不值钱的链子和戒指——在上面盖上手帕，放回抽屉里。然后我把保险箱放回壁橱的架子上，把椅子放回地毯上它原来的位置。

之后我下楼走进厨房，打开水龙头，给自己接了一大杯水。然后我拿着这杯水和整瓶药丸，下到地窖。

幽暗的、像是折射至海底的光线从地窖窗户的缝隙透进来。烧油炉后面的墙壁上，大概在人肩膀高的位置，有一个阴暗的缺口，缺口一直延伸到房子和车库之间的过道下面，再之后就看不见了。那条过道是地窖挖好后加建的，就建在这条隐秘的地底裂隙上方。

几根陈旧腐烂的壁炉木头堵住了这道缺口。我把它们推开了一点，然后把水杯和药瓶并排放在其中一根木头平坦的表面上，开始往上爬。

我花了好一阵工夫，试了很多次，才终于爬了上去。我蹲在黑暗的洞口，就像一个巨怪一样。

我赤脚待在那里，地面挺舒服的，但很冷。我琢磨着，这块地有多久没见过太阳了。

然后，我把那些沉甸甸的、布满灰尘的木头一块接一块地拖到洞口挡住。黑暗浓厚得像天鹅绒。我伸手拿起玻璃杯和瓶子，小心翼翼地低着头，跪爬到最里面的墙边。

我的脸碰到了蜘蛛网，那触感像蛾子一样柔软。我把黑雨衣裹在身上，雨衣就像我自己亲切的影子一样。我拧开药瓶，一颗接一颗，就着水快速地把药片吞下去。

最开始我什么感觉都没有，随着药瓶见底，我的眼前开始出现红色和蓝色的光，闪烁不定。瓶子从我的指间滑落，我躺了下去。

寂静渐渐散开，露出了鹅卵石、贝壳还有我生命中所有破烂残骸。然后，在这场幻觉的边缘，四散的寂静重又聚了起来，随着一阵潮水扫过，把我推向了沉眠。

14

一片漆黑。

我只感觉到了周围的黑暗,别无其他。我把头抬起来,像一条虫子一样,四处探察。有人在呻吟。然后一个巨大的、坚硬的重物像石墙一样砸在我的脸颊上。呻吟声停止了。

寂静重又涌了上来,就像一块石头掉入水中以后,黑沉沉的水面很快就会恢复之前的平静,了无涟漪。

一阵冷风掠过。我被风托着,飞快地穿过一条隧道,抵达地面。然后风停了。远处传来低沉的说话声,好像有很多人在抗议和争论。然后声音停了。

一把凿子在我的眼睛上敲了一下。光从一道张开的裂隙透了进来,就像一张嘴,或是一道伤口,然后黑暗再次把光封住。我试图滚离光的方向,但有手像木乃伊的绷带一样缠住了我的四肢,让我动弹不得。

于是我想,我一定是在某个亮得刺眼的地下室。房间挤满了人,不知道为什么,他们把我按住了。

那把凿子又开始敲了。光线跃入我的脑袋,有个声音穿透了厚重温暖、像毛皮一样覆在我身上的黑暗。

"母亲!"

空气在我的脸上流转跃动。

我大致勾勒出一个房间的轮廓——这是一间开着窗户的大房间。我的脑袋陷在枕头里,身体飘浮在薄薄的床单和被单之间,没有感受到任何压力。

温暖的气息像一只手拂在我的脸上。我一定正躺在阳光下。如果我睁开眼睛,颜色与形状各异的世间万物都会俯身靠向我,就像那些护士一样。

我睁开眼睛。

一片漆黑。

有人在我身旁呼吸。

"我看不见。"我说。

一个欢快的声音从黑暗中传来:"世界上有很多盲人。有朝一日你也会找到一个不错的盲人娶你的。"

那个拿着凿子的男人回来了。

"你何必呢?"我说,"那不管用。"

"你别这样说。"他的手指在我左眼上一个巨大的、疼痛的肿块上摸索,接着他松开了什么东西,一个参差不齐的光隙出现在我眼前,像是墙上的一个洞。透过这道缝隙,我隐约看见一个男人的手。

"你能看见我吗?"

"是的。"

"你还能看见别的什么东西吗?"

然后我想起来了。"我看不见任何东西。"那道缝隙缩窄了,接着黑暗回归,"我瞎了。"

"胡说八道!谁告诉你的?"

"护士。"

那人哼了一声。他把绷带重新缠到我的眼睛上:"你非常幸运,视力完好无损。"

"有人来看你了。"

护士笑了笑,离开了。

母亲绕过床脚,笑着朝我走过来。她穿着一件印着紫色车轮的裙子,看起来很糟糕。

一个高大的男孩跟着她。起初我没看出来是谁,因为我的眼睛只睁开了一条小缝,但很快我认出那是我弟弟。

"他们说你想见我。"

母亲坐在床边,一只手放在我的腿上。她的神情既慈爱又带着责备,我希望她离开。

"我什么也没说。"

"他们说你喊了我。"她的脸皱起来,像一颗灰白的果冻一样颤抖着,看起来要哭了。

"你怎么样?"我弟弟问。

我看着母亲的眼睛。

"老样子。"我说。

"你有一位访客。"

"我不想见。"

护士匆忙走出去,对过道里的某个人低声说了些什么,然后又回来了:"他非常想见你。"

我低头看着自己蜡黄的腿。它们从一件陌生的白色丝绸睡衣里伸出来——这是他们给我套上的。我一动弹,腿上的皮肤就松松垮垮地晃动,好像里面连一丁点儿肌肉都没有,上面还覆盖着一层又黑又粗的短毛茬儿。

"是谁?"

"一个你认识的人。"

"他叫什么名字?"

"乔治·贝克韦尔。"

"我不认识什么乔治·贝克韦尔。"

"他说他认识你。"

然后护士出去了,一个非常眼熟的男孩走了进来:"不介意我坐在你的床边吧?"

他穿着一件白大衣,我可以看到一个听诊器从他的口袋里伸出来。我想一定是某个我认识的人打扮成了医生。

我本想在有人进来时遮住我的腿,但现在为时已晚,所以我干脆就让它们露在外面,以恶心又丑陋的本来面目示人。

"这就是我。"我想,"这就是真正的我。"

"你记得我吧,埃斯特?"

我眯着那只健全的眼睛,从眼缝中打量男孩的脸。我的另一只眼睛还睁不开,但眼科医生说过几天就会好的。

这男孩看着我,就好像我是某种令人兴奋的动物园新物种。他快要笑出声来了。

"你还记得我,对吧,埃斯特?"他说得很慢,就像在对一个蠢笨的孩子说话,"我是乔治·贝克韦尔,我们在同一个教区,你在阿默斯特[1]和我的室友约过一次会。"

我想起了男孩的脸,就在我的记忆边缘若隐若现——像这种脸我永远不会费心给它配上名字。

"你在这里做什么?"

"我是这家医院的实习医生。"

这个乔治·贝克韦尔怎么突然成了一名医生?而且他不算我的熟人,他只是想来看看一个疯到要自杀的女孩是什么模样。

我把脸转向墙壁。

"出去,"我说,"滚出去,别再来了。"

"我想照镜子。"

护士一边起劲地哼着歌,一边打开一个又一个抽屉,把母亲给我买的新内衣、衬衫、裙子和睡衣塞进黑色的漆皮旅行箱。

"为什么我不能照镜子?"

他们给我穿了一件面料像床垫套的灰白条纹紧身裙,配了一条亮红色的宽腰带,然后把我扶到一张扶手椅上。

"为什么我不能?"

"你最好不要。"护士把行李箱的盖子关上,发出一声轻响。

---

[1] 阿默斯特:美国一所私立精英本科学院。

"为什么?"

"因为你现在不太好看。"

"噢,就让我看看吧。"

护士叹了口气,打开橱柜最上层的抽屉,拿出一面大镜子——镜框是木制的,跟柜子的材质一样。她把镜子递给我。

起初我没看出有什么问题。这根本不是一面镜子,而是一张照片。

你分辨不出照片上的人是男是女,因为他(她)的头发全被剃掉了,又生出满头鸡鬃毛一样的短毛茬子。这个人的一边脸奇怪地鼓着,呈紫色,到了边缘处又演变成了青色和灰黄色。他(她)的嘴是浅棕色的,两边嘴角各长着一个玫红色的疮。

这张脸居然把这么多高饱和度色彩都揉在了一起,太吓人了。

我微微一笑。

镜子里的人咧开了嘴。

一声脆响。很快,另一个护士跑了进来。她看了一眼碎掉的镜子,又看了一眼站在白得炫目的碎片边上的我,把那个年轻护士推出了房间。

"我是不是跟你说过?"我可以听到她说的话。

"但我只是……"

"我是不是跟你说过?"

我饶有兴味地听着。任何人都可能失手摔碎一面镜子。我不明白她们为什么这么激动。

年长护士回到房间。她站在那里,抱着手臂,用力瞪着我。

"七年厄运[1]。"

"什么？"

"我说，"护士提高嗓门儿，仿佛在对一个聋子说话，"你会有七年厄运。"

年轻护士拿着簸箕和扫把回来，开始清理那些闪闪发光的碎片。

"这只是一种迷信。"我说。

"哼！"这护士对跪在地上打扫的护士说，就好像我不在场似的，"在'那个地方'他们会照顾好她的。"

透过救护车的后窗，我可以看到一条又一条熟悉的街道，它们像漏斗一样逐渐缩小，成为远处夏日绿景的一部分。母亲坐在我的一侧，弟弟坐在另一侧。

我假装不知道他们为什么要把我从老家的医院转移到市医院，想看看他们会怎么说。

"他们想让你住在特殊病房，"母亲说，"我们的医院里没有这种病房。"

"我喜欢之前的地方。"

母亲的嘴抿紧了："那你应该表现得好一点。"

"什么？"

"你不应该打碎那面镜子。不然也许他们会让你留下来。"

我当然知道镜子跟这事一点关系都没有。

---

[1] 七年厄运：古罗马人认为镜子是诸神观察人类的媒介，打破镜子意味着对神不敬，会招致厄运。同时，罗马人相信人的身体每七年更新一次，因而厄运不会一直持续下去，最多七年。

我坐在床上,被子盖到了脖子上。

"为什么我不能起床?我没有生病。"

"现在是查房时间。"护士说,"查完房以后你就可以起床了。"她把床帘拉开,露出隔壁床一个年轻的意大利胖女人。

这个意大利女人有一头茂密紧致的黑色卷发,从她的前额往后梳出一个蓬帕杜[1]的形状,然后像瀑布一样披在背上。她一动,那巨大的发型也跟着动,就像用硬邦邦的黑纸板做成的一样。

这女人看着我,咯咯笑了一会儿。"你是因为什么进来的?"她没有等我回答。"我来这里是因为我的婆婆,她是法裔加拿大人。"她又咯咯笑起来,"我丈夫明知我受不了她,却还是同意她来我们家探望。她一来,我的舌头就伸出来,收都收不回去。于是他们把我送进急诊室,然后又把我送到了这里,"她压低了声音,"跟那些疯子待在一起。"然后她问,"你是怎么回事?"

我把整张脸转向她,让她看见我肿起来的青紫色的眼睛:"我想自杀。"

这个女人瞪着我。然后,她飞快从床头柜上抓过一本电影杂志,假装读了起来。

我床对面的门一下被打开了。一队穿着白大褂的年轻男女,还有一个头发灰白的年长男人走了进来。他们带着开朗又做作的笑容,站在我的床尾。

"今天早上您感觉怎么样,格林伍德小姐?"

我试着找出说话的是他们中的哪一个。我讨厌对着一群人说

---

[1] 蓬帕杜发型:把头发从前额往后梳成小山形状的高卷发,其名字取自法国国王路易十五的情妇蓬帕杜夫人。

话。每次和一群人对话,我都得挑出一个人来,只跟他说。我说话的时候,能感觉到其他所有人都在盯着我看,这很不公平。我也不喜欢别人明知你心情不好还兴高采烈地问"你怎么样",期待着你说出"挺好的"。

"我感觉糟透了。"

"糟透了。嗯。"有人这么说,有个男孩低头偷笑,还有人在手写板上潦草地记了些什么。然后有个人拉起一张脸,严肃地问:"那您为什么感觉很糟呢?"

我想,这群神色明朗的男女里面,很可能有巴迪·威拉德的朋友。他们知道我认识他,于是好奇地跑来看我,之后他们就会在彼此之间说我的闲话。我想去一个熟人找不到的地方。

"我睡不着……"

他们打断了我:"但护士说您昨晚睡着了。"我环顾这圈朝气蓬勃的陌生面孔。

"我读不了书。"我提高了音量,"我吃不下饭。"我突然想起,醒来以后我一直在拼命吃东西。

这群人已经不再理我,只互相低声嘀咕。最后,那个灰头发的男人走上前。

"谢谢您,格林伍德小姐。马上就会有一位医生来给您看病。"

然后,这群人走向那个意大利女人的床位。

"今天您感觉如何……夫人。"有人这么说。那名字听起来很长,到处都是字母 L,像是"托莫利洛"夫人。

托莫利洛夫人咯咯笑了:"噢,我很好,医生。我很好。"然后她压低声音,低声说了些我听不见的东西。这群人中有一两个人朝我这边瞥了一眼，有人说："好吧，托莫利洛夫人。"然后有人走过来，把我们之间的床帘拉上，就像竖起了一堵白墙。

绿草如茵的广场上，我坐在一张木椅的一侧，四周都是医院的砖墙。母亲穿着她的紫色车轮裙子，坐在另一侧。她用手撑着头，食指顶着脸颊，拇指抵着下巴。

旁边的长椅上坐着托莫利洛夫人和一些正在哈哈大笑的黑发意大利人。每次我母亲一动，托莫利洛夫人就会模仿她的动作。这会儿托莫利洛夫人也坐着，食指顶着脸颊，拇指抵着下巴，忧愁地把脸歪向一边。

"不要动，"我低声对母亲说，"那个女人在模仿你。"

母亲转头扫了一眼。但眨眼之间，托莫利洛夫人就把那双白白胖胖的手放到大腿上，和她的朋友们热烈交谈起来。

"为什么，她没有模仿我，"母亲说，"她甚至没有在看我们。"

可母亲刚一转身面向我，托莫利洛夫人就又开始模仿了，她像母亲刚才那样对起了手指，还向我投来一个恶狠狠的、嘲弄的眼神。

草坪上到处都是穿白大褂的医生。

高大的砖墙间投下来的阳光呈现出狭长的锥形，笼罩在我们身上。我和母亲坐在那里的时候，不断有医生走过来做自我介绍："我是某某医生，我是某某医生。"

其中一些人看起来太年轻了，我知道他们不可能是正经医生。有个人的名字很奇怪，听起来像梅毒医生，于是我开始留意那些可疑的假名字。果然，有个深色头发的家伙——他看起来很像戈登医生，只是他是黑人，而戈登医生是白人——走过来，说："我是胰腺医生。"还跟我握手。

做完自我介绍以后，医生们都站在了能听见我们说话的地方，我没法在不被他们听见的情况下告诉母亲，他们正在记录我们说的每一个字，于是我俯身向她耳语。

母亲猛地往后缩。

"噢，埃斯特，我希望你能配合。他们说你不配合。他们说你不愿意和任何一位医生交谈，或者配合职业治疗[1]……"

"我得离开这里，"我意味深长地告诉她，"然后我就会没事的。是你把我弄到这里来的，"我说，"你得把我弄出去。"

我想，只要能劝母亲把我弄出医院，我就可以利用她的同情心，就像那部戏里患了脑疾的男孩一样，说服她什么才是最好的选择。

令我惊讶的是，母亲说："好吧，我会想办法把你弄出去——哪怕只是去一个更好的地方。如果我这么做了，"她把一只手放在我的膝盖上，"你保证你会乖乖的？"

我转过身，直勾勾地盯着梅毒医生。他就站在我的手肘边，在一张小小的、几乎看不见的便笺上做着记录。"我保证。"我用响亮、清晰的声音说。

黑鬼把餐车推到病区餐厅。这家医院的精神病病区非常小，只有两条走廊，组成一个 L 形。走廊两边排满了病房；职业治疗

---

[1] 职业治疗：进行某种职业训练，旨在恢复动机、信心和特殊技能，以治疗躯体或心理缺陷。

室后面有一间凹室，里面也摆了一些病床，我就住在那里。在 L 形拐角处还有一小块区域，靠窗摆着一张桌子和几把椅子，算是我们的休息室和餐厅。

通常是一个矮个儿白人老头给我们送饭，但今天来的是个黑人。他是跟一个蹬蓝色细高跟的女人一起来的，她一边走一边跟他说要做些什么。黑人一直咧着嘴轻轻地笑，看起来很蠢。

他把一个托盘端到我们桌上，上面放着三个锡制盖碗，接着他开始把这些碗重重地放到桌子上。女人离开房间，顺手把门锁上了，而黑人一边咚咚咚地放着碗、带凹痕的银器和厚实的白瓷盘，一边瞪着两只大眼盯着我们，眼珠子滴溜溜地转。

我看得出来，我们是他遇见的第一群疯子。

饭桌上没有人伸手把盖子从锡碗上拿下来。护士站在后面，看有没有人会在她动手之前把盖子拿下来。通常是托莫利洛夫人掀开盖子，把饭菜分给每个人，就像一个年轻的母亲一样。但他们已经把她送回家了，似乎没有人愿意接替她的位置。

我饿了，所以我掀开了第一个碗盖。

"你真好，埃斯特，"护士愉快地说道，"你可以拿些豆角分给其他人吗？"

我给自己盛了一份绿豆角，转身把碗递给我右侧的一个身材高大的红发女人。这是红发女人第一次被允许上桌吃饭。我曾在 L 形走廊的最末端见过她一次，当时她站在一扇敞开的门前，门上嵌着一扇方形窗户，上面焊着铁条。

当时她一直在粗鲁地喊叫和大笑，还冲着经过的医生拍打自己的大腿，而负责照顾那片病区的白大褂护工正靠在走廊的暖气上，笑得喘不过气来。

红发女人一把从我手中抢过碗，把它扣在她的盘子上。顿时，豆角在她面前堆成一座小山，还撒落在她的腿上和地板上，看着跟硬邦邦的绿色稻秆似的。

"噢，莫尔夫人！"护士用一种悲伤的声音说，"我想您今天最好还是在房间里吃吧。"

她把大部分豆角倒回碗里，递给莫尔夫人旁边的人，然后把她领走了。沿走廊回房间的路上，莫尔夫人不停转过身来，对我们露出轻蔑的表情，还发出难听的哼叫。

黑人回来了，还有好些人没分到豆角，他却开始收拾起他们的空盘子。

"我们还没有吃完。"我跟他说，"你等一下吧。"

"啊，啊！"黑人睁大眼睛装作惊讶的样子。他环顾四周。护士去关莫尔夫人的禁闭了，还没有回来。于是这个黑人朝我做了一个粗野无礼的鞠躬动作。"肮脏的垃圾小姐。"他小声说。

我掀开第二个碗盖——里面是一坨通心粉，冷得跟石头一样，粘在一起，糊作一团。第三个，也就是最后一个碗，盛满了烤豆角。

我很确定没有人会一顿饭上两种不同煮法的豆角。可以是豆角和胡萝卜，或者豆角和豌豆，但永远不会出现豆角加豆角的搭配。这黑人是想试探我们能忍到什么地步。

护士回来了，黑人慢慢退到远处。我尽可能多地吃了些烤豆角。然后我站起来，从桌边绕到护士看不到我下半身的那一侧，走到黑人的身后——他当时正在清理脏盘子。我把脚往后抬，狠狠朝他的小腿肚子踢了一记。

黑人大叫一声,跳开了。他的眼睛转向我:"噢小姐,噢小姐,"他呻吟着,揉着自己的腿,"你不应该这样做,你不应该,你真的不应该。"

"这是你应得的。"我盯着他的眼睛说道。

"你今天不想起床吗?"

"不想。"我缩进被窝的更深处,把被子拉到头上,然后掀开一角,向外窥视。护士正在甩刚从我嘴里取出的温度计。

"你看,体温很正常。"在她来取温度计之前,我就已经看过了,这是我一贯的做法。"我的体温很正常,为什么你还要一直量呢?"

我想告诉她,即使我的身体出了问题也没关系,我宁愿是身体出问题,也不愿脑子有问题。但这个想法太复杂太烦人了,所以我什么也没说,只是把自己埋到床的更深处。

接着,隔着被子,我感到腿上传来一阵轻微的、恼人的重量。我往外看,是护士把她装温度计的托盘放在了我床上,而她正转过身去给我隔壁床的人把脉,那里原本是托莫利洛夫人的床位。

一股强烈的恶作剧欲望刺痛了我的血管,就像松动的牙齿带来的疼痛一样,搅得人烦躁不已。我打了个哈欠,动了一下,好像要翻身似的,把脚伸到盘子下面。

"噢!"护士的叫声听起来像是在求救,另一个护士跑了过来。"看看你都干了些什么!"

我从被子里探出头来,往床沿下看。在翻倒的搪瓷托盘周围,温度计的碎片像星星一样闪烁,水银球像天上的露水一样颤动。

"我很抱歉,"我说,"这是个意外。"

后进来的护士恶狠狠地瞪着我:"你是故意的,我看见了。"

然后她就匆匆离开了。很快来了两个护工,把我连人带床推到了莫尔夫人的旧房间。我抓住时机捡起一颗水银球。

他们刚锁上门,我就看到了那个黑人的脸,像一个糖浆色的月亮,在窗栅背后升起,但我假装没有看到。

我像个藏着秘密的孩子,把手指打开一条缝,看着掌中的水银球微笑。如果我把它扔到地上,它就会碎成一百万个自己的小复制品。如果我把它们推到一起,它们又会融合,变成一个整体,没有任何缝隙。

我对着这个小银球不停地笑。

我无法想象他们对莫尔夫人做了什么。

15

菲洛梅娜·基尼的黑色凯迪拉克像辆礼宾车一样缓缓穿过五点高峰期的车流。车子很快就会经过横跨查尔斯河的一座短桥,而我将不假思索地打开车门,闯进车流,向桥的栏杆冲去。只要纵身一跃,水就会漫过我的头顶。

我无所事事,一边用手指把舒洁面巾纸捻成丸子大小,一边伺机而动。我坐在凯迪拉克的后座中间,母亲在我的一侧,弟弟在另一侧,两人都略微向前倾,就像两道对角线铁条,把两扇车门封住了。

我可以看见前面司机脖子上的一大块皮肤,颜色看着像斯帕姆午餐肉。这块肉上面是一顶蓝色的帽子,下面则是被蓝色夹克衫覆盖的肩膀。坐在他旁边的是知名小说家菲洛梅娜·基尼,她戴着一顶装饰着翠绿羽毛的帽子,底下是银色的头发,很像一只娇贵的异国鸟类。

我不确定为什么基尼夫人会出现。我只知道,她对我的情况很感兴趣,而且,在她事业的巅峰时期,她也曾在精神病院住过。

母亲说，基尼夫人从巴哈马给她发了一封电报，说在一份波士顿的报纸上看到了我。基尼夫人在电报中写道："她的情况跟男女之情有关吗？"

如果这件事真的牵扯到一个男孩，基尼夫人当然不可能感兴趣。

但母亲在回复的电报里写道："不，是埃斯特的写作，她觉得自己再也不会写东西了。"

于是，基尼夫人飞回波士顿，把我从拥挤的市医院病区带了出来。此刻她正把我送往一家私人医院，那里有操场、高尔夫球场，还有花园，像个乡村俱乐部。她会负责我的费用，当作是我的奖学金，直到她在那里认识的医生把我治好为止。

母亲说，我应该心怀感激。她说我几乎花光了她所有的钱，如果不是基尼夫人，她都不知道要把我送去哪里了。但我知道我会被送到哪里，我会待在乡下那家大型的州立医院，和这家私立医院比邻而居。

我知道我应该感谢基尼夫人，但我什么感觉都没有。即使基尼夫人给我一张去欧洲的机票，或者让我乘坐游轮环球旅行，对我来说也没有任何区别，因为无论我坐在哪里——一艘船的甲板上，或是在巴黎或曼谷的街头咖啡馆里——我都坐在同一个玻璃钟形罩下，在我自己呼出的酸臭空气里煎熬。

蔚蓝天空在查尔斯河上张开它的穹顶，水面上缀着点点风帆。我准备行动，但母亲和弟弟马上把手放在了门把上。轮胎倏地轧过桥上的车道。水、帆船、蓝天和悬浮其上的海鸥飞快闪过，就像一张不真实的明信片——我们就这么过了桥。

我颓然跌回灰色的长毛绒座椅，闭上了眼睛。钟形罩里的空气把我完全裹住，让我动弹不得。

我又有了自己的房间。

它让我想起戈登医生医院的房间——一张床、一个置物柜、一个壁橱、一张桌子，一把椅子，还有一扇装有百叶窗，但没有上铁条的窗户。我的房间在一楼，窗户离铺满松针的地面不远，可以看到林荫遮蔽的院子，还有环绕其外的一圈红砖墙。如果我跳下去，我甚至不会擦伤膝盖。高墙的内表面看起来像玻璃一样光滑。

过桥的经历让我乱了阵脚。

我已经错过了一个完美的机会。那河水就像一杯没有喝过的饮料一样从我身边过去了。我怀疑即使母亲和弟弟不在，我也不会真的跳下去。

在医院主楼登记时，一个苗条的年轻女人走上前来，自我介绍道："我是诺兰医生，埃斯特的主治医生。"

我的主治医生是一个女人，这让我很惊讶，没想到他们会有女性精神科医生。这个女人的长相介于玛娜·洛伊[1]和我母亲之间。她穿一件白衬衣、一条长裙，腰间系着一条宽大的皮带，脸上戴着时髦的月牙形眼镜。

一名护士带着我穿过草坪，进入一座阴暗的砖砌建筑，他们管这里叫卡普兰，就是我要入住的地方。之后诺兰医生没有来看

1　玛娜·洛伊（1905—1993）：二十世纪知名美国女演员，代表作《剑侠唐璜》。

我，来的反而是一大群陌生男人。

当时我躺在床上，盖着厚厚的白毯子，他们鱼贯而入，一个接一个地介绍自己。我不明白为什么要来这么多人，或者为什么他们要介绍自己。我开始觉得他们是在试探我，看我会不会察觉来的人太多了，于是我警惕起来。

最后，一位英俊的白发医生走了进来。他自称是医院的院长，然后说起朝圣者和印第安人，以及在他们之后是谁拥有了这片土地，又说起附近有哪几条河流，是谁建了第一所医院，它是如何被烧毁的，又是谁建了第二所医院。后面我开始想，他一定是等着看我什么时候会打断他，告诉他，我知道所有这些关于河流和朝圣者的事都是胡说八道。

但之后我又想，其中有些东西可能是真的，于是我试着厘清哪些可能是真的，哪些不是。只是我还没想明白，他就已经说了再见。

我等待着，直到所有医生的声音都消失了，便把那张白毯子甩回床上，穿上鞋子走进过道。没有人拦我，于是我沿着房间所在楼翼的过道，绕过墙角，走进另一条更长的过道，还经过了一个门开着的餐厅。

一个穿着绿色制服的女佣正在摆放晚餐餐具。桌上铺着白色的亚麻桌布，摆着玻璃杯和餐巾纸。这里有真正的玻璃杯。我把这件事存入记忆的一角，就像松鼠储藏坚果一样。在那家市立医院，我们都用纸杯喝水，而且也没有切肉的刀子——那些肉总是煮得很烂，烂到可以用叉子切开。

最后我来到一个大型休息室，里面摆着破旧的家具，铺着满是线头的地毯。一个脸色苍白、黑发圆脸的女孩正坐在一张扶手椅上看杂志。我以前参加过童子军,她让我想起了那时候的队长。我瞥了一眼她的脚。果然,她穿的是那种棕色平底皮鞋,鞋头带有流苏,不然它看起来应该很运动风。鞋带的末端打了结,缀着小小的橡果装饰。

女孩抬眸看我,微笑道:"我是瓦莱丽。你是谁?"

我假装没有听到,出了休息室,走向另一侧楼翼的尽头。路上我经过一扇及腰高的门,门后有几个护士。

"人都去哪儿了?"

"都出去了。"说话的护士在一些撕成小片的胶布上一遍又一遍地写着什么。我俯身探进那扇门,看她在写什么,是埃·格林伍德,埃·格林伍德,埃·格林伍德,埃·格林伍德。

"去哪儿了?"

"噢,要么是去了职业治疗室,要么是去了高尔夫球场,要么是去打羽毛球了。"

我注意到护士旁边的椅子上有一叠衣服,就是我在第一家医院打碎镜子时,护士装进漆皮箱子里的那些。护士们开始把标签粘在衣服上。

我回到休息室,想不明白这些人干吗在这儿打羽毛球和高尔夫球。能这么干的人一定不是真的生病了。

我在瓦莱丽附近坐下来,仔细观察她。没错,我想,她还不如去童子军营地待着。她正兴致勃勃地读一本破旧的 *Vogue* 杂志。

"她到底在这里做什么?"我想,"她看着也不像个有问题的。"

"你介意我抽烟吗？"诺兰医生靠坐在我床边的扶手椅上。

我说不介意，我喜欢烟的味道。我想如果诺兰医生抽烟，她可能就会待久一点。这是她第一次来和我谈话。等她离开，我只会跟往常一样陷入迷茫。

"跟我说说戈登医生吧，"诺兰医生突然说，"你喜欢他吗？"

我警惕地看了诺兰医生一眼。我想医生们肯定都是一伙的，在这所医院的某个地方，某个隐蔽的角落里，放着一台和戈登医生那台一模一样的仪器，会把我震得皮肉分离。

"不，"我说，"我一点都不喜欢他。"

"有意思。为什么？"

"我不喜欢他对我做的事。"

"他对你做的事？"

我跟诺兰医生说了那台仪器的事情，那些蓝色的闪光、疯狂的震动还有噪声。在我描述的过程中，她逐渐僵住了。

"那是错的，"她说，"不应该是那样的。"

我盯着她。

"如果操作得当，"诺兰医生说，"就跟睡了一觉一样。"

"如果有人再对我这样，我就自杀。"

诺兰医生坚定地说："你在这里不会接受任何休克治疗。如果有，"她更正道，"我会提前告诉你，而且我保证不会像你之前体验过的那样。"她接着说，"有些人甚至很喜欢这种治疗。"

诺兰医生走后，我在窗台上发现了一盒火柴。那不是一个常规大小的盒子，它很小。我打开它，看到一排白色的小棍子，顶端是粉红色的。我试着点燃一根，火柴在我的手里弯了起来。

我不明白为什么诺兰医生会留下一个这样愚蠢的东西。也许她想看看我会不会把它还回去。我小心翼翼地把这个火柴玩具放进新羊毛浴袍的下摆。如果诺兰医生管我要火柴，我就说我以为那是糖果做的，已经把它们吃了。

一个新来的女人搬进了我隔壁的房间。

我想她一定是这栋楼里唯一一个比我来得晚的人，所以她不会像其他人那样知道我的情况有多糟。我可以进去跟她交个朋友。

女人躺在床上，穿着一件紫色连衣裙，领口处用一枚浮雕宝石胸针别紧了。那裙子一直拖到她的膝盖和鞋子中间的位置。她有一头铁红色的头发，扎成了女教师式的圆髻，薄薄的银边眼镜用黑色松紧带系在胸前的口袋上。

"你好，"我在床边坐下，搭讪道，"我叫埃斯特，你叫什么名字？"

女人没有动弹，只是盯着天花板。我感到很受伤。我想，也许她一住进来，瓦莱丽或其他人就告诉了她我有多蠢。

一个护士在门口探进头来。

"哦，你在这里。"她对我说，"你来看望诺里斯小姐，真好！"然后她又消失了。

我不知道自己坐了多久，只是一直看着这个一身紫的女人，等她张开紧闭的粉色嘴唇，想着如果她真的开了口，又会说些什么。

直到最后，诺里斯小姐都没有说话，也没有看我。她把脚转到床的另一边——上面还套着带纽扣装饰的黑色高筒靴——下了床,走出房间。我想她可能是想以这种婉转的方式摆脱我。我隔着一小段距离,安静地跟着她穿过走廊。

诺里斯小姐走到餐厅门口,停了下来。这一路上,她踏出的每一步都准确地落在地毯上对称的西洋玫瑰图案的中间。她停了片刻,然后一只接一只地抬起她的脚,跨过门槛,进入餐厅,就像跨过一道齐胫高的隐形栏杆。

她在一张铺着亚麻桌布的圆桌旁坐下,并在腿上铺开一张餐巾。

"一个小时后才是晚餐时间。"厨师从厨房里喊道。

但诺里斯小姐并没有回答,她只是彬彬有礼地直视着前方。

我拉开她对面的一把椅子,也打开了一张餐巾。我们没有说话,只是坐在那里,沉默着,却亲密得像姐妹一样,直到过道里响起晚餐的钟声。

"趴下,"护士说,"我要再给你打一针。"

我翻身趴在床上,撩起裙子,拉下丝绸睡裤。

"哎呀,你下面都穿了些什么呀?"

"睡裤。这样我就不用老是穿上脱下了。"

护士低声咯咯笑了一会儿,然后说:"打哪一边?"这是个老生常谈的笑话了。

我抬起头,回头看了一眼光裸的屁股。之前打的针让上面青一块紫一块的。左边看起来比右边颜色更暗些。

"右边吧。"

"你说的。"护士将针头刺进去,我瑟缩了一下,感受到轻微的疼痛。护士们每天给我打三针,每次打完针大概一小时后,她们会给我一杯甜果汁,并在一旁看着我喝下去。

"你真幸运。"瓦莱丽说,"你在打胰岛素。"

"没有效果。"

"噢,会有的。我已经试过了。等你有反应了告诉我。"

但我好像一直都没有反应。我只是越来越胖,已经能填满母亲买的尺寸过大的新衣服。每当我低头看见圆鼓鼓的肚子和宽大的臀部,都会想还好基尼夫人没有看到我这个样子,我简直就像要生了一样。

"你看到我的疤了吗?"

瓦莱丽拂开黑色的刘海儿,指了指她额头两侧各一个的浅色印记,就好像她曾在什么时候长出了角,然后又把它们割掉了。

当时就我们两个人,跟着运动治疗师在精神病院的花园里散步。他们越来越乐意让我出去散步,但他们从来不让诺里斯小姐出去。

瓦莱丽说诺里斯小姐不该住在卡普兰,而该住在一栋叫怀马克的楼,那里是给情况更糟的人住的。

"你知道这些疤痕是怎么来的吗?"瓦莱丽还在问。

"我不知道,是怎么来的?"

"我做过脑叶切除手术。"

我敬畏地看着瓦莱丽,第一次欣赏起她永远平静得像大理石一样的态度:"你感觉怎么样?"

"很好。我不再生气了。以前我总是生气。我在怀马克住过,后来转到卡普兰了。现在只要有护士陪着,我就可以去城里购物或看电影了。"

"出院以后你要做什么呢?"

"哦,我不会离开,"瓦莱丽笑了,"我喜欢待在这里。"

"搬家啦!"

"我为什么要搬走?"

护士愉快地打开抽屉又关上,清空橱柜,把我的衣物折起来放进黑色的旅行箱。

我想他们终究还是要让我搬去怀马克了。

"噢,你只是要搬去这栋房子的正面,"护士欢快地说,"你会喜欢的,那里更能照到太阳。"

我们走进过道的时候,我看到诺里斯小姐也要搬走了。一个和我的护士一样年轻欢乐的护士站在诺里斯小姐的房间门口,正在帮她穿一件紫色大衣,衣服的领子上有一圈薄薄的松鼠毛。

我曾经一小时又一小时地守在诺里斯小姐的床边,没有参加职业治疗、散步或羽毛球比赛,甚至也没去看周播电影——我很喜欢那些电影,但诺里斯小姐从来不去看。我只是对着她那苍白的、无言的双唇组成的圆弧,陷入沉思。

我想,如果她开口说话,那该多么令人激动啊!我会冲到走廊,向护士们宣布这个消息。她们会夸赞我鼓励了诺里斯小姐,可能还会特许我去城里购物和看电影,那么我的逃跑计划就万无一失了。

但我守了她那么久，诺里斯小姐还是一个字都没说。

"你要搬到哪里去？"我问她。

护士碰了碰诺里斯小姐的手肘，她就像装了滚轮的玩偶一样猝然一动。

"她要去怀马克。"我的护士低声告诉我，"恐怕诺里斯小姐没法像你一样搬去更好的地方了。"

我看着诺里斯小姐抬起一只脚，接着抬起另一只脚，跨过挡住门槛的隐形栅栏。

"给你一个惊喜。"护士把我安置在大楼前翼一个阳光充足、能俯瞰绿色高尔夫球场的房间里，然后跟我说，"今天来了一个你认识的人。"

"我认识的人？"

护士笑了起来。"别这样看我，又不是警察。"然后，见我沉默，她又补充道，"她说是你的老朋友。她就住在隔壁，你不想去拜访一下吗？"

我觉得护士一定是在开玩笑，要是我去敲隔壁的门，一定没有人会回应。等我走进房间，就会看到诺里斯小姐穿着她那件松鼠毛领子的紫大衣躺在床上，她的嘴就像一朵玫瑰花的花蕾，绽放在那具花瓶一样安静的身体上。

尽管如此，我还是走出房间，敲了敲隔壁的门。

"请进！"一个欢快的声音叫道。

我把门打开一条缝，往房间里看。窗边坐着一个穿着骑马裤、长得也像马的大个子姑娘，她看到我，露出一个大大的笑容。

"埃斯特!"她听起来气喘吁吁的,好像跑了很远很远的路,刚刚才停下来,"见到你真好。他们告诉我你在这里。"

"琼?"我先是试探性地问,然后,"琼!"我既困惑又不可置信地叫了一声。

琼咧开嘴,露出又大又亮的标志性牙齿。

"真的是我。我就知道你会大吃一惊。"

16

琼的房间里有衣橱、储物柜、桌椅和白色地毯——上面有一个大大的蓝色字母C,刚好是我房间布局的镜像。我突然觉得,琼是打听到我在这里以后,就装成疯子在这儿订了一间房,为的是跟我开个玩笑。那她跟护士说我们是朋友这一点就可以解释得通了。我从来没有真的跟琼相熟过,我们之间总是隔着一段冷漠的距离。

"你是怎么来的?"我蜷着身子缩在琼的床上。

"我读到了关于你的报道。"琼说。

"什么?"

"我读到了关于你的报道,就跑出来了。"

"什么意思?"我接着问她,语调平稳。

"嗯,"琼往轧光印花布料包裹的扶手椅上一靠,"我打了份暑期工,是给某个兄弟会分会的会长干活儿。你知道,就是共济会那种组织,但不是共济会。我感觉糟透了。我得了拇囊炎,几乎不能走路——最后连正常的鞋子都穿不了,只能穿橡胶鞋去上班,你知道吗,我的精神都要崩溃了……"

我觉得琼一定是疯了才会穿胶鞋上班，要么她就是想看看我有没有疯到会全盘接受她的话。而且，只有老人才会得拇囊炎。我决定假装相信她疯了，并且迎合她的话。

"不能穿正常的鞋子可太叫人难受了，"我模棱两可地笑道，"你的脚是不是很疼？"

"疼得厉害。而且我老板——他刚和妻子分居，因为兄弟会的规定，他不能直接离婚——他每隔一会儿就叫我过去。我一动，脚就疼得要命。每次我刚回工位坐下，呼叫器又响了，他又有别的话要说……"

"你怎么不辞职呢？"

"哦，我确实辞了，差不多吧。我请病假不上班。不出门。不见任何人。我把电话藏在抽屉里，从来没接过……后来我的医生把我送到一家大医院，想让一位精神病专家看看。我当时的状态很糟糕，预约了十二点的就诊，等到十二点半时，接待员出来告诉我医生去吃午饭了。她问我要不要等等，我说'好'。"

"那他后面回来了吗？"我感觉琼不太可能编出这样复杂的故事，但我还是让她继续说下去，看她能说出什么花样来。

"嗯，回来了。说真的，我本来是要自杀的，我对自己说'如果这个医生也帮不了我，那就算了吧'。接待员带我穿过一条长长的走廊，走到门口的时候，她转身对我说：'你介意有几个学生跟着医生一块儿看诊吗？'我还能说什么呢？'哦，不介意。'我这么说。于是我走进去——里面有九双眼睛盯着我。九双！整整十八只眼睛。你看，如果那个接待员告诉我房间里会有九个人，我肯定当场就走了。但我已经在那儿了，一切都为时已晚。嗯,那天我刚好穿着一件皮草……"

"在八月份穿皮草?"

"噢,那天又冷又潮,而且我想,这是我看的第一个精神科医生——你知道的。总之,在谈话的整个过程中,这个医生一个劲儿地盯着我的皮草看,而且我看得出来,当我要求按学生折扣价付费而不是付全额的时候,他对我有些看法。我甚至可以在他的眼睛里看见美元的符号。好吧,我不知道自己都跟他说了什么,应该跟我的拇囊炎、抽屉里的电话还有自杀的想法有关吧。他让我在外面等着,他要和其他人讨论我的情况。之后他把我叫了回去,你知道他说了什么吗?"

"什么?"

"他双手抱臂,看着我说:'吉林小姐,我们觉得团体疗法[1]会对您有帮助。'"

"团体疗法?"我觉得自己的声音听上去一定很假,就像她的回声一样,但琼没有注意到。

"他就是这么说的。你能想象我这样一个想自杀的人,却要跑去跟一帮陌生人聊这个吗?何况他们中很多人的情况并不比我好……"

"这太疯狂了。"我越来越感同身受,"就不是人能干出来的事。"

"我就是这么说的。我直接回家,给那医生写了一封信。我说得非常漂亮,我告诉他,像他那样的人是没有资格帮助病

---

[1] 团体疗法:也称"小组心理疗法"、"集体心理疗法",是指将患者组织在一起,以团体的形式进行心理治疗的方法。

人的……"

"你收到回信了吗?"

"我不知道。我就是在那天看到了关于你的报道。"

"你是指什么样的报道?"

"噢,"琼说,"就是警察认为你已经死了之类的。我有一叠剪报,放在哪儿了……"

她猛地站起来,我闻到一股浓烈的马味,刺得我鼻腔疼。琼曾在一年一度的大学运动会中得过赛马冠军,我还琢磨她是不是一直睡在马厩里呢。

琼在她打开的手提箱里翻了翻,拿出一沓剪报。

"在这儿呢,你看看。"

第一张剪报上有一张放大的照片。那是一个正咧着嘴巴笑的女孩,她的眼睛周围一片乌黑,嘴唇也是黑的。我想不起这样俗艳的照片是在哪里拍的,然后我注意到了在布鲁明戴尔百货买的耳环和项链,它们闪着明亮的白光,好像仿造的星星。

奖学金女孩失踪,母亲担心不已。

照片下面的文章讲述了这个女孩是如何在 8 月 17 日那天从家里消失的。当日女孩穿的是绿色裙子和白色上衣,只留下一张字条,说要去远一点的地方走走。上面说,这位格林伍德小姐到午夜还没有回家,于是她的母亲向镇上的警察报了案。

下一张剪报上是母亲、弟弟和我的照片,我们站在后院,微笑着看向镜头。我也想不起这张照片是谁拍的,直到我看到照片里的自己穿着粗棉布工作服和白色运动鞋,才想起这是有一年夏天我去摘菠菜时穿的衣服。那是一个炎热的下午,多多·康韦刚好在,就给我们仨拍了几张全家福。报上说,格林伍德夫人要求把这张照片印出来,希望她的女儿看到以后主动回家。

安眠药跟女孩一起失踪,令人担忧。

这是一张昏暗的照片——应该是午夜时分,十几个圆脸的人站在树林里。我觉得队伍最后面的人看起来很奇怪,而且异常矮小,接着我意识到那些不是人,而是狗。为了寻找失踪的女孩,他们出动了搜救犬。比尔·亨德利警官说,情况不容乐观。

女孩已找到,还活着!

最后一张照片,是警察抬着一条又长又软、卷成一团的毯子,正要放进救护车的后车厢。毯子里露出一个菜头似的、无甚特点的脑袋。上面还说,女孩的母亲到地下室去洗一周的衣服时,突然听到一阵微弱的呻吟,从一个废弃的洞里传出来……
我把这些剪报放在白色的床单上。
"你留着吧,"琼说,"你应该把它们贴到剪报本里。"
我把剪报折起来,塞进口袋。
"我读到了关于你的报道,"琼继续说,"不是写他们怎么找到你的,而是前面发生的一切,然后我就带上所有钱,搭最早的飞机去了纽约。"

"为什么是纽约？"

"哦，我想在纽约自杀会比较容易。"

"你做了什么？"

琼羞涩地笑了笑，伸出她的手，手心向上。她的两只手腕上都有泛红的粗大伤疤，像微型山脉一样，从她白皙的皮肤上横跨过去。

"你怎么弄成这样的？"我第一次觉得，琼和我可能有一些共同点。

"我用拳头砸穿了室友的窗户。"

"什么室友？"

"我以前的大学室友。她在纽约工作，我想不出还有什么别的地方可以住，而且我没剩什么钱了，所以就去找了她。我父母发现我在那里之后——她写信给他们，说我的行为举止很奇怪——父亲直接飞过来把我带了回去。"

"但你现在已经没事了。"我肯定地说。

琼用那双明亮的、鹅卵石灰的眼睛打量着我。"我想是的，"她说，"你不也是吗？"

我吃过晚饭就睡着了。

一个吵闹的喊声吵醒了我。班尼斯特太太、班尼斯特太太、班尼斯特太太、班尼斯特太太。我从睡梦中醒来，发现自己正一边用手拍打着床柱，一边大喊大叫。那个尖酸刻薄的夜班护士——班尼斯特太太的身影蹿入眼帘。

"我在这儿，小心别打坏了。"

她解开了我的手表。

"怎么了？发生了什么事？"

班尼斯特太太的脸上快速挤出一个微笑："你有反应了。"

"反应？"

"没错，你感觉怎么样？"

"很奇怪，有点轻飘飘的感觉。"

班尼斯特太太扶我坐了起来。

"你会好起来的，你很快就会好的，想喝点热牛奶吗？"

"好的。"

班尼斯特太太把杯子放在我嘴边。我像婴儿喝母乳一样，用舌头舔舐着牛奶往下咽，惬意地品尝着牛奶的味道。

"班尼斯特太太告诉我你有反应了。"诺兰医生在窗前的扶手椅上坐下来，拿出一只迷你火柴盒。它看起来和我藏在浴袍下摆的那个一模一样。有一瞬间我想是不是有护士发现了它，并悄悄还给了诺兰医生。

诺兰医生拿出一根火柴，在盒子边缘划了一下，一束黄色的热焰跳了出来。我看着她用那火苗点着一根香烟。

"班夫人说你感觉好多了。"

"有一阵子我确实好些了，但现在又回到了老样子。"

"我有个消息要告诉你。"

我等待着。每一天——我不知道已经过了多少天——每个上午、下午和晚上我都裹着我的白毯子，靠在凹室的躺椅上，假装自己在读书。我隐约猜到诺兰医生是在给我几天宽限的时间，之后,她就会像戈登医生说过的那样,告诉我:"很遗憾,看来你的情况无甚改善,我想你最好做些休克治疗……"

"嗯,你难道不想听听是什么消息?"

"什么?"我做好了心理准备,无精打采地说。

"你暂时不会有任何访客了。"

我惊喜地看着诺兰医生:"为什么,那太棒了。"

"我就知道你会高兴。"她微笑道。

我看向储物柜旁边的废纸篓,诺兰医生也跟着看过去——里面探出十二枝长茎玫瑰血红色的花苞。

那天下午母亲来看过我。

除了母亲,来探望我的人还有很多——有我的前雇主,一位基督教科学派[1]的信徒,她和我一起在草坪上散步的时候,谈起《圣经》里从土地上升起的迷雾。她说这迷雾只是错觉,我的问题就在于,把它当了真。只要我不再信它,它就会消失,我就会发现自己根本没病。还有我高中时的英语老师,他教我玩拼字游戏,因为他觉得这可能会唤起我原本对文字的兴趣。菲洛梅娜·基尼本人也来过,她对医生的治疗非常不满,一直在向他们抱怨。

我讨厌这些人来探望我。

通常我正坐在凹室或房间里,就会突然有护士笑着走进来,宣布来了这个或那个访客。有一天他们甚至带了那位一神论教会的牧师进来,而我从来都不太喜欢他。他非常神经质,而且我

---

[1] 基督教科学派:1879年创立于美国,总部设在波士顿。深信基督教是科学,认为唯有作为精神的上帝才是真实的,世界的一切均虚假,反对信徒用医药治病,认为通过祈祷坚定对上帝的信念,疾病就会痊愈。

看得出来，他觉得我就是个没救的疯子，因为我告诉他我相信地狱，而且像我这样的人，因为不像其他人那样相信死后的生活，就必须在死之前活在地狱里，以此弥补死后错过的惩罚。

我讨厌这些人来探望我，因为我总觉得来人在不停打量我肥胖的身体和杂乱无章的头发，拿现在的我、曾经的我，还有他们想让我成为的样子做比较。我知道他们走的时候都很困惑。

我想，如果他们让我一个人待着，我还能得到些许安宁。

我母亲是最糟糕的。她从来没有骂过我，却不停地乞求我，一脸悲伤地问我她究竟做错了什么。她说她知道医生们觉得她有错处，因为他们揪着她训练我上厕所这一点问个不停——我在很小的时候就学会了上厕所，没有给她带来任何麻烦。

那天下午，母亲给我带了玫瑰花。

我说："把它们留到我的葬礼上。"

母亲的脸皱起来，看起来要哭了。

"但是埃斯特，你不记得今天是什么日子吗？"

"不记得。"

我想可能是情人节吧。

"是你的生日。"

我就是在那时把玫瑰花扔进了废纸篓。

"她这么做真是太傻了。"我这么跟诺兰医生说。

诺兰医生点点头。她似乎明白我的意思。

"我恨她。"我一边说，一边等着那一巴掌落下来。

但诺兰医生只是冲着我笑，好像有什么东西让她非常非常高兴，她说："我想是的。"

17

"今天是你的幸运日。"

年轻的护士把我的餐盘收走,而我裹在白色的毯子里,就像在甲板上吹海风的乘客。

"怎么这么说?"

"嗯,我不确定现在告诉你好不好,不过你今天要搬去贝尔塞了。"护士期待地看着我。

"贝尔塞,"我说,"我不能去那里。"

"为什么不能?"

"我还没准备好。我还没有恢复到那个地步。"

"你当然已经好多了,别担心,如果你还没好,他们是不会让你搬的。"

护士离开后,我开始琢磨诺兰医生这回又想干什么。她想证明什么呢?我并没有改变,什么都没变,而贝尔塞是所有病区中最好的。从那里出去的人可以回到工作岗位、学校还有自己的家。

琼应该在贝尔塞。那里会有琼和她的物理课本、高尔夫球杆、羽毛球拍，还有她那夹着呼吸的嗓音。琼代表着我和那些几乎痊愈的人之间的一道鸿沟。自从琼离开卡普兰后，我一直靠院里的小道消息打探她的近况。

琼有了散步的特权。琼有了购物的特权。琼有了进城的特权。我满心苦涩地把所有关于琼的消息收集起来，表面上却装作开心的样子。琼就像以前那个闪闪发光的我自己，她的出现就是为了跟着我、折磨我。

也许等我搬到贝尔塞，琼已经出院了。

至少在贝尔塞，我可以摆脱休克治疗的阴影。卡普兰有很多女人在接受休克治疗。我能认出她们的脸，因为她们和其他人吃早餐的时间不一样。我们在自己的房间里用餐时，她们在接受休克治疗，之后她们会像孩子一样让护士领着，悄悄无声地走进休息室，在那里吃她们的早餐。

每天早上，当我听到护士端着餐盘来敲我的门时，总会感到松了一大口气，因为我知道那一天的危险解除了。我不明白，如果诺兰医生从来没有接受过休克治疗，她怎么知道一个人会在治疗期间睡着呢？也许这个人只是看着像睡着了，内心是不是一直在忍受那些冒着蓝色火花的电闪和噪声呢？

走廊尽头传来钢琴声。

晚饭时我静静地坐在那里，听贝尔塞的女人们叽叽喳喳。她们都穿着时髦，妆容精致，其中有几个已经结婚了。有些人去了城里购物，有些人则是去探亲访友，整个晚餐期间她们都在互相说些私密的笑料。

"我要给杰克打电话。"一个叫迪迪的女人说,"我想他恐怕不在家,但我知道要上哪儿找他,他肯定会接的,准没错。"

一个与我同席、矮小精悍的金发女人笑了。"我今天差点就把洛林医生拿下啦。"她睁大了那双澄静的蓝眼睛,看着就像个洋娃娃,"我不介意用老珀西换一个新玩具。"

房间的另一端,琼正狼吞虎咽地吃着她的火腿和烤番茄,胃口很好的样子。她在这些女人中显得非常自在,但对我很冷淡,带着淡淡的嘲讽,就像在跟一个认识但不怎么熟悉的人打交道。

晚饭后我马上就上了床,接着我听见了钢琴声,琼、迪迪和劳贝儿——就是那个金发女人——还有其他人的身影浮现在我眼前。她们大声笑着,背着我在客厅说我的闲话。她们肯定在说,我这样的人住在贝尔塞是多么可怕,我应该去怀马克才对。

我决定去堵上她们的臭嘴。

我把毯子当作披肩,松松垮垮地拢在肩上,沿着走廊信步走向远处的灯光和欢笑声。

那晚剩下的时间里,我都在听迪迪卖力地弹奏她那些自编曲目,其他女人则围坐在一起,一边打桥牌,一边聊天,就像在大学宿舍里一样,只不过她们中的大多数人起码比女大学生大十岁。

她们中有一个身材高大的灰发女人,是个声音洪亮的低音炮,叫萨维奇夫人,毕业于瓦萨学院[1]。我一眼就看出她出自上流社会,因为她总是谈论那些年轻名媛的事儿。她似乎有两三个女

---

[1] 瓦萨学院:位于美国纽约州波基浦西市,是一所男女合校的文理学院,也是东海岸最负盛名的文理学院之一,被誉为"小常春藤"。

儿,都将在那年进入社交界,只是她把自己搞进了精神病院,也就毁了她们的元媛舞会[1]。

迪迪有一首歌——她管它叫《挤奶工》,大家都说她应该把这首歌发表出去,肯定会大卖的。最开始,她的手会在琴键上敲出一组小小的旋律,就像缓慢的马蹄声,接着另一组旋律加进来,就像送奶工的口哨声,然后这两种声音叠加在一起。

"好听极了。"我搭腔道。

琼靠在钢琴的一角,翻阅着某本时尚杂志的新刊。迪迪抬头对她笑了笑,好像她们之间有什么小秘密似的。

"噢,埃斯特,"琼拿着杂志说,"这不是你吗?"

迪迪停止了演奏。"让我看看。"她接过杂志,看了看琼指的那一页,又回头看了我一眼。

"噢不,"迪迪说,"肯定不是。"她又看了看杂志,然后看了看我。"不可能!"

"噢,但这就是埃斯特。对吗,埃斯特?"琼说。

劳贝儿和萨维奇夫人凑了过去。我装出什么都知道的样子,和她们一起往钢琴那边走去。

杂志照片上是一个穿着白色无肩带晚礼服、正在咧嘴大笑的女孩,她身边围着一大群男孩,都倾身向着她。这女孩拿着一个装满透明饮料的玻璃杯,眼睛直勾勾地盯着我肩膀上方靠左的位置,活像有什么东西正站在我身后似的。一股微弱的气息从后面拂到我的脖颈上,我转过身。

---

[1] 元媛舞会:起源于十八世纪的英国,是当时的名门千金年满十六岁时觐见君主,进入社交界的仪式。如今更像是名媛间的聚会。

是夜班护士进来了。她穿着柔软的橡胶鞋,来得悄无声息。

"别开玩笑了,"她说,"这真的是你吗?"

"不,这不是我。琼搞错了,这是别人。"

"噢,你就招了吧!"迪迪叫了起来。

但我假装没有听到,转身走开。

桥牌三缺一,劳贝儿央求护士和她们一起玩,我也拉了一把椅子坐在边上看。不过我对桥牌一窍不通,在大学里我没有时间学,不像那些富家女,她们全都学会了。

我的目光落在国王、王后与骑士牌面无表情的脸上,听护士讲述她艰难的生活。

"你们这些女士不知道打两份工是什么滋味,"她说,"晚上我在这里照看你们……"

劳贝儿咯咯笑了:"噢,我们很乖,我们是这里最棒的病人,你知道的。"

"嗯,你们都还行。"护士给大家分了一包薄荷口香糖,然后剥开自己那条的锡纸,抽出粉色的口香糖,"你们还行,是州立医院的那些傻子叫我操心得脚不沾地。"

"所以你在两个地方工作啰?"我突然来了兴致,问道。

"可不是嘛。"护士给了我一个眼神,我看出来了,她觉得我就不该在贝尔塞。"你不会喜欢那里的,简女士。"

我觉得很奇怪,护士明明知道我的名字,却叫我简女士。

"为什么?"我追问。

"噢,那里不像这里这么好,这里就是一家正常的乡村俱乐部,而那里什么都没有,没有职业治疗,不能散步……"

"为什么不能散步？"

"人手不够。"护士赢了一轮，劳贝儿哀号一声，"说真的，女士们，等我攒够钱给自己买辆车，就不干这个啦。"

"你也会离开这里吗？"琼问道。

"当然啦。之后我只接私人委托，就看我什么时候想了……"

但我已经听不下去了。

我觉得护士是受人之托，来让我明白我已别无选择。要么恢复正常，要么变得更糟，像一颗燃烧的星星一样从贝尔塞落到卡普兰，再落到怀马克，最终我会燃烧殆尽。等诺兰医生和基尼夫人都放弃了我，我就会被送去隔壁的州立医院。

我用毯子裹紧身体，把椅子往后推。

"你冷？"护士粗鲁地问道。

"是的，"我一边说，一边往走廊走，"我要冻僵了。"

我在白色的茧中醒来，温暖又平静。一束苍白凛冽的阳光落在镜子上、柜子的玻璃上，还有金属门把手上，闪闪发亮。走廊传来清晨的嘈杂声——女佣们正在厨房里用托盘装早餐。

我听到护士敲了敲隔壁的门，那是走廊最尽头的房间。萨维奇夫人困倦的声音传出来，然后是一阵叮叮当当的响声——护士端着盘子进去了。我一想到热气腾腾的蓝瓷咖啡壶、蓝瓷早餐杯，还有印着白色雏菊的蓝瓷奶油罐，心里便涌现出些许愉悦。

我要放弃挣扎了。

但即使有一天我会变得更糟，我也要拼尽全力抓住这些小小的幸福。

护士拍了拍我的门，还不等我应声，就风风火火地进来了。

这是一个新来的护士——他们总是换人——她有一张瘦削的土黄色的脸，同色系的头发，鼻子上没什么肉，有很多雀斑。不知道为什么，这个护士让我心里很不舒服，直到她大步穿过房间，拉开绿色的百叶窗，我才意识到，这种奇怪的感觉，一部分来自她空空如也的双手。

我张嘴想管她要我的早餐，话到嘴边又咽了回去。这护士应该是把我错认成别人了。新护士经常会犯这样的错。贝尔塞一定有某个人在接受休克治疗，只是我不知道。毫无疑问，这个护士一定是把我和她搞混了。

我等待着。护士在我的房间里转了一圈，这里拍拍，那里拉拉，到处整理了一下，便端着盘子去给走廊下一间房的劳贝儿送早餐了。

我把脚塞进拖鞋，拽上毯子——早晨阳光明媚，但很冷——快速走到厨房。穿着粉色制服的女佣正从炉火上一个破旧的大罐子里往外舀咖啡，装进一排蓝瓷咖啡壶里。

我满心欢喜地看着那一排排餐盘，上面的白色餐巾都被折成了干净利落的等腰三角形，压在银叉子下面。半熟的水煮蛋从蓝色杯子里冒出头来，像一个白色的穹顶。橘子果酱则装在扇形的玻璃碗里。我只需伸出手去，让她把我的盘子拿来，这样一切就恢复正常了。

"出了点岔子。"我靠在柜台上，把身子探过去，压低声音，悄悄对那女佣说，"新来的护士忘了把我的早餐盘送来。"

我努力挤出一个明媚的笑脸，表示我没有什么不满。

"什么名字？"

"格林伍德。埃斯特·格林伍德。"

"格林伍德，格林伍德，格林伍德。"贝尔塞病人的名单就贴在厨房墙上，女佣长满疣的食指从上面划过。

"格林伍德，今天没有早餐。"

我双手抓住柜台的边缘。

"一定是哪里搞错了。你确定是格林伍德吗？"

"是格林伍德。"女佣斩钉截铁地说。这时，护士进来了。

她疑惑地看了看我，又看了看女佣。

"格林伍德小姐想来拿她的早餐。"女佣避开我的视线，说道。

"哦，"护士对我笑了笑，"格林伍德小姐，您今天上午会晚点吃早餐，您……"

但还没等护士把话说完，我就像只没头苍蝇一样冲进了走廊。我没有回房间——因为他们会去那里找我。我去了凹室——这里的条件比卡普兰差很多，但无论如何，终归是一个凹室，就藏在走廊一个静谧的角落里。琼、劳贝儿、迪迪和萨维奇夫人都不会来这儿。

我缩在最里面的角落，用毯子罩住脑袋。让我震惊的不是休克治疗，而是诺兰医生赤裸裸的背叛。我喜欢诺兰医生，我爱她，我把我的信任毫无保留地交出来，告诉了她一切。而她也认真地承诺过，如果有一天我不得不再次接受休克治疗，她会提前告诉我。

如果她在前一天晚上告诉我，我当然会整晚躺在床上，满心恐惧，满脑子不祥的预感，但到了早上，我就会镇定自若，做好准备。我会夹在两个护士中间，像一个冷静的死刑犯一样，带着尊严，在走廊上跟迪迪、劳贝儿、萨维奇夫人和琼擦肩而过。

护士俯下身来，叫我的名字。

我往后退，更加缩进角落里。护士消失了。我知道她马上就会带两个粗壮的男护工回来。他们会挟着一边号一边拳打脚踢的我，从休息室前面走过去——现在里面都是人，他们会笑着看我经过。

诺兰医生把我搂过去，像母亲一样抱着我。

"你说你会告诉我的！"我隔着凌乱的毯子冲她喊道。

"我是要告诉你，"诺兰医生说，"我特意提前过来告诉你，而且我会陪着你。"

我撑起肿胀的眼皮看着她："你昨晚为什么不告诉我？"

"我只是觉得这样会让你睡不着，如果我知道……"

"你说你会告诉我的。"

"听着，埃斯特，"诺兰医生说，"我和你一起过去。我会一直在那里，所有的事情都会像我承诺的那样。等你醒来，我会在那里，而且我会再把你带回来。"

我看着她。她似乎非常难过。

我想了一会儿，然后说："你保证你会在那儿。"

"我保证。"

诺兰医生拿出一块白手帕，给我擦了擦脸，然后她用胳膊挽住我的胳膊，像老朋友一样把我扶起来，沿着走廊往前走。毯子缠住了我的脚，于是我干脆让它掉在地上，但诺兰医生似乎并没有注意到。我们从琼身边经过，她正好从房间里出来，我给了她一个意味深长、不屑一顾的微笑,而她低头退让,等我们走过去。

诺兰医生打开走廊尽头的一扇门,带我走下楼梯,进入神秘的地下通道。通过一个精密的地洞和隧道网络,地下通道连接着这家医院的所有建筑。

墙壁是明亮的,上面贴着盥洗室特有的白色瓷砖,黑色的天花板上每隔一段距离就有一个光秃秃的灯泡。担架和轮椅随处可见,都靠在那些或吱吱作响或震动不停的管道上。这些管道就像一个复杂神经系统的分支,顺着闪闪发亮的墙壁向前延伸。我死死抓着诺兰医生的手,她时不时会收紧搂着我的胳膊,以示鼓励。

最后,我们停在一扇绿色的门前。门上印着几个黑色字体——电疗室。我踌躇不前,诺兰医生便等着我,最后我说:"把这事做完吧。"我们就进去了。

候诊室里除了诺兰医生和我之外,只有一个穿着浅棕色破旧晨袍、脸色苍白的男人,以及他的陪诊护士。

"你要坐下来吗?"诺兰医生指向一张木凳,但我的双腿很沉重,我想,等负责休克治疗的人进来,我还得再把自己从坐着的姿势中提起来,那太难了。

"我还是站着吧。"

最后,一个身材高大、形容枯槁的女人从一扇内门走进房间。我以为她会上前带走那个穿浅棕色晨袍的男人,因为他比我先到。当她向我走来时,我很惊讶。

"早上好,诺兰医生,"这个女人一边说,一边揽住我的肩膀,"这是埃斯特吗?"

"是的,休伊小姐。埃斯特,这位是休伊小姐,她会好好照顾你的。我已经把你的情况告诉她了。"

我想这个女人一定有七英尺高。她亲切地朝我俯下身时,我看出她得过严重的痤疮——她的脸上坑坑洼洼,看起来像一张月球的陨石坑分布图。她还有一颗凸出来的龅牙。

"我想我们可以马上给你做,埃斯特,"休伊小姐说,"安德森先生不会介意等一等的,对吧,安德森先生?"

安德森先生一句话也没说。于是,休伊小姐搂着我的肩膀,诺兰医生跟在后面,我就这样进了里面的房间。

我怕房间里的景象把我吓死,不敢把眼睛张得太开。透过眼睛的缝隙,我看到高高的床和像鼓面一样绷紧的白色床单,以及床后面的仪器,仪器后面一个戴口罩、分不清性别的人,还有其他戴口罩的人,都站在床的两侧。

休伊小姐帮我爬上去,仰面躺下。

"跟我说说话。"我说。

休伊小姐一边往我太阳穴上抹药膏,在我脑袋两侧固定电极,一边用一种低沉的、安抚的声音跟我说话:"你会没事的,不会有任何感觉,只要咬住——"她在我的舌头上放了什么东西,慌乱中我咬了下去,黑暗便像擦掉黑板上的字迹一样,把我抹去了。

18

"埃斯特。"

我从沉沉的睡梦中醒来,浑身汗津津的。第一眼看到的是诺兰医生的脸,在我眼前浮动:"埃斯特,埃斯特。"

我抬起僵麻的手,揉了揉眼睛。

在诺兰医生身后,我看见一个女人的身体,穿着皱巴巴的黑白格长袍,被扔在一张小床上,就像是从高处坠落的一样。我还没弄明白怎么回事,诺兰医生就带我穿过一扇门,走到蓝天下,清新的空气一下包围了我。

所有的闷热和恐惧都消失了。我感到出奇地平静。钟形罩悬在我的头顶上方,得有几英尺高,空气在我的呼吸间流动。

"就像我告诉过你的那样,对吗?"诺兰医生说道。彼时我们正一起往贝尔塞走去,棕色的落叶在我们脚下嘎吱作响。

"是的。"

"嗯,以后也是这样,"她肯定地说,"你每周都会有三次休克治疗,分别在周二、周四和周六。"

我猛地吸了一口气。

"得做多久?"

"那得看情况,"诺兰医生说,"看你,也看我。"

我拿起银制餐刀,敲碎了鸡蛋的顶部。然后我放下刀,盯着它看。我在想我为什么喜欢刀,但我的思绪从名为"思考"的套索中滑了出来,像鸟一样转身飞去,消失在了空气中。

琼和迪迪并排坐在琴凳上,迪迪正在教琼弹《筷子》这首曲子的低音部分,而她自己则负责高音部分。

我想,琼的牙齿这么大,眼睛又像极了两个凸出来的灰色鹅卵石,整个人活像一匹马,多悲哀啊。她连巴迪·威拉德这样的男孩都留不住。迪迪的丈夫显然也和他的情妇住在一起,把她晾在一旁发霉。

"我收到了———封———信。"琼顶着乱糟糟的头发,从门缝探进头来,拉长调子唱道。

"那真好。"我目不转睛地看着我的书。短短五次以后,我就结束了休克治疗,并且得到了进城的特权。自那以后,琼就开始围着我转,跟只喘不上气的大果蝇似的,仿佛靠得越近,她就越能吮吸到康复的蜜汁。他们拿走了她房间里的物理课本,还有一摞摞积了灰、写满课堂笔记的线圈笔记本———这些东西曾经被她摆得到处都是。她再次被限制出门了。

"你不想知道是谁写的吗?"

琼从门缝挤进来,坐在我床上。我想让她滚出去,她让我鸡皮疙瘩都起来了,但我不能这么做。

"好吧。"我把手指卡在读到的位置,合上书,"谁写的?"

琼从裙子的口袋里抽出一只淡蓝色的信封,戏谑地挥舞着。

"这不巧了吗!"我说。

"什么意思,巧了?"

我走到储物柜那里,拿出一只淡蓝色的信封,跟告别时挥手帕似的,向琼扬了扬:"我也收到一封信,不知道它们是不是一样的。"

"他好多了,"琼说,"他出院了。"

一阵短暂的沉默。

"你要嫁给他吗?"

"不,"我说,"你想?"

琼躲躲闪闪地笑了:"其实我也不怎么喜欢他。"

"哦?"

"我喜欢的是他的家人。"

"你是说威拉德夫妇吗?"

"是的。"琼的声音像一阵风,沿着我的脊柱往下吹,"我爱他们。他们那么好,那么快乐,完全不像我的父母。我总是去看望他们,"她顿了顿,"直到你出现为止。"

"我很抱歉。"然后我又问,"既然你那么喜欢他们,为什么不继续去看望他们?"

"噢,我不能,"琼说,"你在和巴迪约会呀。我会显得……我不知道,很奇怪。"

我想了想:"也是。"

"你要,"琼犹豫了一下,"让他过来吗?"

"我不知道。"

起初我觉得，让巴迪来精神病院看我真是太糟糕了。他很可能只是来幸灾乐祸，顺便和其他医生打成一片。但我又想，这将是我迈出的重要一步——摆正他的位置，告诉他就算我没有找别人，也要跟他断绝关系。我会告诉他没有同声译员，没有任何人，但他不是我要找的人，我不再勉强自己了。"你呢？"

"我会让他来，"琼喘着气说，"也许他会带上他妈妈。我要让他带上他妈妈……"

"他妈妈？"

琼噘着嘴："我喜欢威拉德夫人。她是位非常出色的女性。我一直把她当亲妈看待。"

威拉德夫人在我心中有一个固有形象——她穿着混色粗花呢的衣服，舒适朴素的鞋子，嘴边常挂着那种睿智母亲的格言。威拉德先生是她的小男孩，他的声音高昂清亮，听起来也像个年轻男孩。琼和威拉德夫人……琼……还有威拉德夫人……

那天早上我敲了迪迪的门，打算找她借两段式的乐谱。我等了一会儿，也没有听到回应。我想迪迪一定出去了，我可以去她的柜子里拿乐谱。于是我推开门，走了进去。

在贝尔塞，即便是在贝尔塞，门也是带锁的，只是病人没有钥匙。一扇紧闭的门意味着住的人需要隐私，需要他人的尊重，跟一扇上锁的门没什么不同。通常门外的人敲一会儿，再敲一会儿，就会离开。我站定以后才想起这个规矩。从亮堂堂的走廊一下子进到房间里，在那深沉的、充斥着麝香气味的黑暗中，我几乎什么也看不见。

随着我的视野逐渐变得清晰,我看到有人从床上起身,轻声地咯咯笑了。一片昏暗中,这个人影整理了一下头发,两只鹅卵石似的浅色大眼睛注视着我。迪迪躺回枕头上,绿色羊毛睡袍下露出两条光裸的腿。她看着我,嘴角带着一点揶揄的笑,一支香烟在她右手的指缝间冒火光。

"我只是想……"我说。

"我知道,"迪迪说,"你想要乐谱。"

"嘿,埃斯特,"琼说——她那玉米壳一样的声音让我想吐,"等等我,埃斯特,我可以给你弹低音部。"

现在琼坚定地说:"我从来没有真正喜欢过巴迪·威拉德。他以为自己什么都知道。他以为他对女人了如指掌……"

我看着琼。尽管她让我毛骨悚然,尽管我对她一直有一种根深蒂固的厌恶,琼还是令我着迷。这就像观察一个火星人,或者一只长疣的蟾蜍。她的想法不是我的想法,她的情感不是我的情感,但我们太相近了,她的想法和情感就像是我自己的一个扭曲黑暗的版本。

有时我怀疑琼是不是我编造出来的,有时我又想,每次我的生活陷入危机时,琼是不是都会出现,让我想起自己曾经是一个怎样的人,想起自己经历了什么,而她会在我眼皮底下经历那些和我情况相似的、她自己的危机。

"我不知道一个女人能在另一个女人身上看到什么,"我在那天中午的会谈中对诺兰医生说,"有什么在男人身上看不到的东西,是可以在另一个女人身上看到的?"

诺兰医生顿了顿,然后说:"温柔。"这话让我陷入了沉默。

"我喜欢你。"琼说。

"比起巴迪,我更喜欢你。"

她四肢摊开,躺在我床上傻笑,让我想起了大学宿舍里的一桩小丑闻——一个胖乎乎的、乳房饱满的大四学生和一个高大笨拙的大一新生交往过密。这个大四女孩身上有祖母般亲切的气质,她是宗教专业的,信仰虔诚,而大一女孩每次相亲,都会很快被男方以各种巧妙的理由拒绝。这两人总是待在一起,听说有人撞见过她们在胖女孩的房间里拥抱彼此。

"可是她们在干什么呢?"我问道。每当我想到男人和男人,女人和女人,我总是没法想象他们会做什么。

"哦,"八卦者说,"米莉坐在椅子上,狄奥多拉躺在床上,米莉抚摩着狄奥多拉的头发。"

我大失所望,还以为会听到某种更具体的罪恶。是不是女人之间能做的就只有躺着和抱着。

当然,我们学院那位著名女诗人就和另一个女人——一个又老又矮又胖、留着荷兰式短发[1]的古典文学学者——住在一起。当我告诉诗人我可能会结婚,生一大堆孩子的时候,她惊恐地盯着我,嚷道:"那你的事业怎么办?"

我头疼。为什么我总是会吸引这些奇怪的老女人?这位著名诗人、菲洛梅娜·基尼、赛杰伊、那位基督教科学派的女士,天知道还有谁,她们都想用某种方式培养我,通过关心和影响我,让我变得更像她们。

---

[1] 荷兰式短发:一种直刘海儿,发尾齐整,长度到耳朵以下的发型。

"我喜欢你。"

"那太糟了，琼，"我一边说，一边拿起我的书，"因为我不喜欢你。如果你不介意的话，我得说你让我想吐。"

接着我走出房间，任琼像匹粗笨的老马一样躺在我的床上。

我一边等医生过来，一边犹豫我该不该逃走。我知道我要做的事是违法的，至少在马萨诸塞州是这样，因为这里到处都是天主教徒。但诺兰医生说这位医生是她的老朋友，而且是一个睿智的男人。

"您是预约来看什么的？"穿着白大褂、轻快活泼的接待员一边在笔记簿上找到我的名字，在后面打钩，一边问道。

"什么意思，'看什么'？"我以为只有医生会问我这个问题，而且公共候诊室里挤满了等待其他医生的病人，她们大多数都怀了孕或带着宝宝，我能感觉到她们盯着我没有受孕的、平坦的小腹。

接待员抬头看了我一眼，我脸红了。

"您是来试子宫帽的，是不是？"她和善地说，"我只是想确认一下，好知道该怎么收费。您是学生吗？"

"是，是的。"

"那就是半价。不用十美元，五美元就行。开账单吗？"

我本来想给家里的地址，账单寄到的时候我应该已经在那里了，但我又想到母亲可能会打开账单，看看是什么费用。那么我只剩下另一个地址，是一个无伤大雅的信箱号，不想让别人知道自己住在精神病院的人都会写这个号码。可我转念一想，又觉得接待员可能会认出来,所以我说:"我还是现在就付吧。"接着便从手袋里的一卷钞票中抽出五美元。

菲洛梅娜·基尼给了我一笔钱作为康复贺礼,这五美元就是从里面拿出来的。我在想,如果她得知自己的钱被花在了哪里,她会有什么反应呢。

不管她知不知道,菲洛梅娜·基尼都为我的自由买了单。

"我最讨厌的就是对男人言听计从,"我跟诺兰医生说过,"男人在这个世上没什么烦心事,但我的头顶却时时刻刻悬着一个孩子,像一把达摩克利斯之剑,令我不敢行差踏错。"

"如果你不用担心孩子的事,就会表现得不一样吗?"

"会,"我说,"但是……"我跟诺兰医生提起那位已婚女律师和她写的《捍卫贞操》。

诺兰医生一直等到我说完,然后大笑起来。"这就是鼓动宣传!"她说着,把这位医生的名字和地址写在处方笺上。

我紧张地翻看着一本 *Baby Talk*[1]。宝宝们胖乎乎、亮晶晶的脸朝我笑着,我一页又一页地翻过去——光头的婴儿、巧克力色的婴儿、长得像艾森豪威尔的婴儿、第一次打滚的婴儿、伸手抓拨浪鼓的婴儿、第一次吃固体食物的婴儿,婴儿们玩着这些简单的小把戏,慢慢长大,一步一步,融入这个焦虑不安的世界。

宝宝辅食、酸奶油,还有像咸鳕鱼一样发臭的尿布的味道混在一起,弥漫在空气中,我的内心既悲哀又柔软。对我身边的女性来说,生孩子多么简单啊!为什么我如此没有母性,如此孤

---

[1] *Baby Talk*:一本美国育儿杂志。

僻？为什么我就不能像多多·康韦一样，全心全力养大一个又一个胖嘟嘟、哭唧唧的宝宝呢？

如果要我整天照料一个婴儿，我会发疯的。

我看着对面女人膝上的婴儿。我不知道他有多大，我一直都看不出婴儿的年龄。我只知道，他可以一直喋喋不休地吵闹。那噘起的粉色嘴唇后面长着二十颗牙齿。他的小脑袋在肩膀上摇摇晃晃，看着好像没有脖子。他用一种睿智的、柏拉图式的表情看着我。

孩子的母亲微笑着，抱着孩子，仿佛他是世上的第一大奇迹。我观察着母亲和婴儿，试图找到蛛丝马迹，弄清二者之间为什么能互相满足，但还没等我发现什么，医生就叫我进去了。

"您想试戴子宫帽是吧。"他轻快地说。我松了一口气，他好像不是那种会问令人尴尬的问题的医生。我瞎想过要告诉他我打算嫁给一名水兵，等他的船一停靠在查尔斯敦海军造船厂，我们就结婚。我之所以没有戴订婚戒指，是因为我们太穷了。但在最后一刻，我否决了这个动人的故事，只是简单地应道："是。"

我爬上检查台，对自己说："我是在爬向自由，我要摆脱恐惧，不必因为发生了性关系就嫁给一个错误的人，比如巴迪·威拉德，也不会沦落到弗洛伦斯·克里滕登之家[1]，所有可怜的女孩最后都到那里去了，她们本该跟我一样做好准备，因为不管怎么样她们都会做那些事情……"

我坐车回精神病院的时候，把棕色纸包装的盒子放在腿上，

---

[1] 弗洛伦斯·克里滕登之家：以拯救和改造"堕落的妇女"为目的，为未婚母亲提供的庇护所和传道所。1883年由一位美国富商查尔斯·克里滕登首建，1892年起普及美国各地。

看着就像某位夫人，在城里玩了一天以后，带施瑞福蛋糕回去给她未婚的姑妈，又或是买了一顶菲尼斯地下商场的帽子。渐渐地，我不再怀疑那些天主教徒的视线能像 X 射线一样看透一切，于是我放松下来。我真的把进城购物的特权利用得很好。

我是我自己的女人了。

下一步就是找一个合适的男人。

19

"我要做一名精神科医生。"

琼用她一贯夹着喘息的热情腔调说道,当时我们正在贝尔塞的休息室喝苹果酒。

"哦,"我干巴巴地说,"那可真棒。"

"我和奎因医生谈了很久,她觉得这事儿挺靠谱的。"奎因医生是琼的主治医生,她是一位开朗、精明的单身女士。我经常想,如果当初我被分配给了奎因医生,我可能还在卡普兰,或者更大可能会在怀马克。奎因医生身上有一种不可捉摸的特质,琼深受吸引,我却不寒而栗。

琼喋喋不休地谈论着"自我"和"本我",我心不在焉地听着,心里却想着最底层抽屉里那个已经拆封的棕色包裹。我从未与诺兰医生谈论过"自我"和"本我"。我根本都不知道自己到底跟她谈了些什么。

"……我要出去住了。"

我的注意力回到琼身上。"去哪里?"我问道,同时极力掩饰我的忌妒。

诺兰医生说学院同意让我下学期回校,是她建议的,而且菲洛梅娜·基尼会继续资助我。但是医生们不同意我回去跟母亲一起住,所以开学前我都得留在精神病院。

尽管如此,我还是觉得不公平,琼会比我先跨出精神病院的大门。

"去哪里?"我执拗地追问她,"他们不会让你自己住吧?"琼在那一周才重新得到进城的许可。

"噢,不,当然不是。我会和肯尼迪护士一起住在剑桥市。她的室友刚结婚,搬走了,她在找新室友。"

"祝贺你。"我举起自己那杯苹果酒,和她的酒杯碰了一下。尽管有很多保留意见,我想我还是会永远珍惜琼。我们就像是被某种不可抗力,比如战争或瘟疫,赶到了一起,生活在一个只有彼此的世界。

"你什么时候走?"

"下个月一号。"

"不错。"

琼变得很伤感:"你会来看我的,是吗,埃斯特?"

"当然。"

但我想的其实是:"不太可能。"

"我很疼,"我说,"疼是正常的吗?"

欧文沉默了一会儿,然后说:"有时候会疼。"

我是在怀德纳图书馆的台阶上遇到欧文的。当时我站在长长的台阶上,俯瞰满是积雪的红砖四方院子,并准备去搭回精神病院的电车。一个戴着眼镜、面貌相当丑陋，但显得很聪明的高个子年轻人走上前来："您能帮我看看时间吗？"

我瞥了一眼手表："四点零五分。"

这人两臂间捧着一摞书，就像端着一只放晚餐的托盘。他调整了一下手的位置，露出一个瘦骨嶙峋的手腕。

"你为什么问我，你自己也有一块表！"

这人苦恼地看了看自己的手表，举起手，在耳边晃了晃。"坏了。"他露出迷人的笑容，"你要去哪里？"

我本来想说："回精神病院。"但这个男人看起来可以指望，于是我改变了主意，"回家。"

"那你愿意先喝杯咖啡吗？"

我犹豫了。我本来要回精神病院吃晚饭，很快就能得到批准永远离开那里了，我可不想在这种时候迟到。

"就一小杯咖啡。"

我决定在他身上试试眼下这个全新的、正常人一样的自我。就在我犹豫的当口，他告诉我，他叫欧文，是个收入很高的数学教授。于是我说："好吧。"然后，我跟上欧文的脚步，与他一起走下长长的、结满冰的台阶。

我是在看到欧文的书房后决定勾引他的。

欧文住在一个阴暗但舒适的地下室公寓，就在剑桥市外围一条破败的街道上。他开车把我带到那里，说要喝一杯——此前我们已经在一家学生咖啡厅喝了三杯苦咖啡。我们坐在他书房里鼓囊囊的棕色皮椅上，周围是一摞摞布满灰尘、晦涩难解的书，放大的公式极具艺术性地镶嵌在页面上，像一首首诗。

正当我啜饮我的第一杯啤酒时——我从来没试过在冬天喝冰啤酒，但为了抓住有实感的东西，我还是接过了这杯酒——门铃响了。

欧文似乎很尴尬："我想来的可能是位女士。"

欧文有一个奇怪又老套的习惯，就是把别人称为"女士"。

"好吧，好吧，"我夸张地打了个手势，"带她进来吧。"

欧文摇了摇头："你会惹她伤心的。"

我对着琥珀色圆筒杯里的冰啤酒微笑。

门铃再次响起，好像有人大力地摁在上面。欧文叹了口气，起身去应门。他的身影一消失，我就冲进浴室，藏在脏兮兮的烟灰色威尼斯百叶窗后面。透过门缝，我看见欧文苦行僧似的脸再次出现。

我还看见一个身材高大、体态丰满的斯拉夫女人。她穿着一件臃肿的天然羊毛衫，紫色休闲裤，黑色高跟靴——上面有波斯羔羊皮的翻边，还配了一顶蓬松的白色无檐帽。她正往外喷出一圈圈白雾，听不清的话语消失在寒冷的空气中。欧文的声音穿过冰冷的过道飘进我的耳朵。

"抱歉，奥尔加……我在工作，奥尔加……不，不是的，奥尔加。"这个女人嫣红的嘴唇一直在动，说话间她的嘴边升起白雾，萦绕在门边光秃秃的丁香花枝间。最后，我终于听到，"也许吧，奥尔加……再见，奥尔加。"

我欣赏着这女人羊毛衫下大草原一样宽阔的胸脯，看着她往后退了几英寸，沿着吱吱作响的木楼梯往下走，那喋喋不休的嘴唇上显出一种西伯利亚特有的苦难感。

"我猜你在剑桥有很多暧昧对象吧。"我坐在剑桥市一家正宗的法式餐厅里,一边用针把一只蜗牛的肉挑出来,一边笑着对欧文说。

"我似乎——"欧文露出一个谦虚的微笑,承认道,"和女士们相处得很好。"

我拿起空了的蜗牛壳,喝掉里面的草绿色汤汁。我不知道这样做是否合适,但在精神病院吃了几个月索然无味的健康餐之后,我对黄油的渴望达到了顶峰。

我用餐厅的付费电话给诺兰医生打了电话,请她允许我在剑桥市和琼一起过夜。当然,我不知道欧文会不会在晚餐后邀请我去他的公寓,但我想,既然他打发走了那个斯拉夫女人——另一位教授的妻子,说不定我们还有戏。

我往后仰头,喝下一杯夜圣乔治[1]。

"你是真喜欢葡萄酒。"欧文观察着我,如此说道。

"只喜欢夜圣乔治。我想象他……与龙[2]……"

欧文伸手抓住我的手。

我觉得我睡的第一个男人必须是个聪明人,这样我才会尊敬他。欧文二十六岁就当上了正教授。他有着天才应有的苍白、无毛的皮肤。另外,我还需要一个相当有经验的人,以弥补我的不足,而欧文的"女士们"就是最好的保证。最后,安全起见,我想找一个我不认识,以后也不会来往的人——就像那种没有人情、祭司一样的公职人员,这类角色常在有关部落仪式的故事里

---

[1] 夜圣乔治:法国夜圣乔治产区,主要产黑皮诺葡萄。
[2] 圣乔治与龙:圣乔治骑士屠龙救少女的欧洲传说。

出现。

那晚的最后，我对欧文已经是深信不疑。

自知晓巴迪·威拉德的堕落行为以来，我的贞洁就像一块磨刀石一样压在我的身上。一直以来它对我如此重要，以至于我习惯了不惜一切代价捍卫它。我已经守了它五年，我厌倦了。

回到公寓，欧文一把将我揽进怀里，抱着醉酒无力的我走进漆黑的卧室，这时我喃喃道："欧文，我想我应该告诉你，我还是处女。"

欧文大笑，把我扔到床上。

几分钟后，一声惊呼响起——显然欧文一开始并没有相信我。我觉得自己很幸运，因为我已经在白天做了避孕措施，不然那晚我喝得那么醉，肯定懒得做这不起眼却至关重要的一步。我一丝不挂，飘飘然躺在欧文家粗糙的毛毯上，等待着那奇迹般的变化发生。

但我只感觉到尖锐的、惊人的剧痛。

"我很疼，"我说，"疼是正常的吗？"

欧文沉默了一会儿，然后说："有时候会疼。"

过了一阵，欧文起身走进浴室，淋浴的哗哗声响起。我不确定欧文有没有做完他打算做的事情，或者我的处女之身是不是阻碍了他。我想问他我还是不是处女，但我太不安了。一股温暖的液体从我的两腿之间流出。我试探性地伸手摸了摸。

我就着浴室透出来的灯光抬起手——我的指尖看起来是黑色的。

"欧文，"我紧张地说，"给我拿条毛巾。"

欧文的腰上绑着一条浴巾。他走过来，给我扔了一条比浴巾小一点的毛巾。我把毛巾压在两腿之间，然后很快把它抽了出来——毛巾被鲜血染红了一半。

"我在流血！"我惊坐起来，嚷道。

"哦，经常会这样的，"欧文安慰我，"你很快就会好的。"

我想起那些读过的故事——血迹斑斑的新娘床单，还有早已失贞的新娘在身上藏红墨水胶囊的情节。我不知道自己会流多少血，只能躺下，拿毛巾掩在那里。我突然意识到，这些血就是答案，我不可能还是处女了。我在黑暗中笑了。看来我已经融入了这项伟大的传统。

我偷偷把白毛巾上还干净的区域换到伤口的位置，想着只要血一止住，就坐晚班车回精神病院。我想在完全平静的情况下思考我的新处境。但是，毛巾又被染红了，还有血滴滴答答地落下来。

"我……我想我最好还是回家。"我虚弱地说。

"你这么快就要走？"

"对，我觉得最好马上走。"

我向欧文借了他的毛巾，像缠绷带一样绑在我的大腿之间，然后套上被汗打湿的衣服。欧文提出开车送我回去，但我不能让他开去精神病院，便从手袋里翻出了琼的地址。欧文知道那条街，就出去开车了。我害怕到不敢告诉他我还在流血，只是不停地祈祷别流了。

然而，当欧文开车带我穿过覆着积雪、荒无人烟的街道时，我还是感觉到温热的液体渗透了毛巾和我的裙子，决堤一样，流到了车座上。

当我们放慢车速,绕过一栋又一栋亮着灯的房子时,我想,我是多么幸运,没有在学院或家里丢掉自己的贞洁,否则我一定瞒不住。

琼打开门,露出惊喜的表情。欧文吻了我的手,叮嘱琼要好好照顾我。

我关上门,往后靠在上面,感觉有一大股急流直往下冲,脸上的血色也随之消失了。

"怎么了,埃斯特,"琼说,"到底发生了什么事?"

我想,琼什么时候才会注意到,血正顺着我的腿往下淌,黏稠地流进我的两只黑色漆皮鞋里。我觉得,即使我被人打了一枪,生命垂危,琼也只会用她那空洞的眼睛盯着我,等着我管她要咖啡和三明治。

"那护士在吗?"

"不,她在卡普兰值夜班……"

"好。"我微微苦笑了一下。这时又一泡血浸透了我垫的东西,毫不意外地开始往我的鞋里流,"我是说——太糟了。"

"你看着很奇怪。"琼说。

"你最好找个医生过来。"

"为什么?"

"快点。"

"但是……"

她仍然毫无察觉。

我疼得呻吟一声,弯下腰,脱下一只鞋子——这是我在布鲁明戴尔买的黑皮鞋，因为冬天太冷，都被冻裂了。我把鞋拿起来，当着琼那双放大的、鹅卵石似的灰眼睛，向下倾斜——血像瀑布一样落到米色地毯上。她终于明白了。

"我的天哪！这是什么？"

"我在大出血。"

琼半拖半拽地把我拉到沙发边，让我躺下，接着，她塞了几个枕头在我血迹斑斑的脚下。然后她站起来，问道："那个人是谁？"

有那么一会儿，我疯了似的觉得琼会拒绝给我叫医生，除非我把当晚和欧文做的事都告诉她。但即使我和盘托出，她还是不会给我叫医生，这是对我的惩罚。但事实上，她真的相信了我敷衍的解释，因为我和欧文上床这种事对她来说是完全不可理解的，她为我的到来高兴不已，欧文的存在不过是一根刺。

"就是某个认识的人。"我一边说，一边抬起软绵绵的手，做了个别在意的手势。另一股血水涌了出来，我紧张地把肚子上的肌肉往回缩。"给我拿条毛巾。"

琼走出去，很快就拿着一堆毛巾和被单回来了。她像个手脚麻利的护士一样剥开我血淋淋的衣服，看到最开始那条被血染红的毛巾时，她猛地倒吸一口气，随即给我换上了新的"绷带"。我躺着，努力放缓心跳，因为它每跳一次，就有一股鲜血涌出来。

我想起一门关于维多利亚时代小说的课程，在那些小说里，一个又一个女人在难产之后，苍白而高贵地死在血泊中。那门课真叫人心里发毛。也许欧文是以某种可怕的、隐蔽的方式弄伤了我。当我躺在琼的沙发上时,我真的快死了。

琼拉出一张印度软脚凳,开始对着一张长长的通信录给剑桥市的医生们打电话。第一个号码无人接听。第二个号码打通了,琼开始解释我的情况,又突然停住:"我明白了。"便挂了电话。

"有什么问题吗?"

"他只为常客或急病出诊。今天是周日。"

我想抬起手臂看看表,但我的手像石头一样摆在身边,一动不动。周日——医生的天堂!他们可以在乡村俱乐部、海边、情妇那里、妻子身边、教堂里、游艇上,到处都是医生,但这一天他们坚决要做普通人,不做医生。

"看在上帝的分儿上,"我说,"告诉他们我是急病。"

第三个电话没有打通。第四个电话中,琼一提到这是月经的毛病,对方就挂了。琼开始哭了。

"听着,琼,"我忍着疼痛说,"给社区医院打电话,告诉他们这里有紧急情况,他们一定会过来接我。"

琼眼睛一亮,拨了第五个号码。急诊科保证,如果我能到医院去,会有医生照看我。于是琼叫了一辆出租车。

琼坚持要和我一起去。出租车司机一听琼给他的地址,便在黎明的晨雾中飙起车来,抄了一条又一条近路,而我只能绝望地夹紧我的新毛巾。最后,在巨大尖厉的轮胎摩擦声中,车停在了急诊室门口。

琼还在车上付钱给司机,我已经奔进空荡荡、亮堂堂的急诊室。一名护士从白色屏风后面匆匆走出来。我赶在琼进门之前用寥寥几句话把自己的情况告诉了护士。琼进门的时候眨着一双大眼睛，像只近视的猫头鹰。

急诊室的医生出来了。在护士的帮助下，我爬上检查台。护士对医生耳语了几句，医生点点头，开始解开那些血淋淋的毛巾。我感觉到他的手指开始往里探，而琼站在我身边，僵直得像个士兵。她握着我的手，不知道是为了我还是为了她自己。

"噢！"一记过重的戳刺，疼得我缩了起来。

医生吹了声口哨。

"你是百万分之一。"

"什么意思？"

"一百万人中只有一个人会有这种情况。"

医生低声对护士说了几句。她急忙走到一旁的桌子上，拿来几卷纱布和一些银的器械。

"我可以看到——"医生弯下腰，"受伤的地方。"

"你能治好吗？"

医生笑了："噢，我当然可以。"

我被一阵敲门声吵醒。当时已经过了午夜，精神病院安静得像死后世界。我想不出来有谁还没睡。

"请进！"我打开床头灯。

门咔嚓一声开了，奎因医生黝黑灵巧的脑袋出现在门缝后面。我惊讶地看着她。虽然我知道她是谁，而且经常在走廊与她擦肩而过，简单点头示意，但我从未与她说过话。

她说："格林伍德小姐，我可以进来一下吗？"

我点了点头。

奎因医生走进房间，轻轻带上身后的门。她穿着一套海军蓝西服，V形领口露出里面的纯白衬衣。她有很多这样的套装。

"我很抱歉打扰您，格林伍德小姐，尤其是在这么晚的时候……但我想在琼的事上您也许能帮到我们。"

有那么一瞬间，我想，是不是因为琼回到了精神病院，奎因医生要怪罪于我。我还不确定那次我们去看急诊后琼知道了多少，但之后没过几天，她又回贝尔塞住了。不过，她还是有最自由的进城特权。

"我会尽我所能。"我这么跟奎因医生说。

奎因医生在我的床边坐下来，脸色凝重："我们想知道琼在哪里，也许您知道。"

我突然想撇清自己和琼的关系。"我不知道，"我冷冷地说，"她不在自己的房间里吗？"

贝尔塞的宵禁时间早过了。

"不，今晚琼申请去城里看电影了，但她还没回来。"

"她和谁一起去的？"

"她一个人。"奎因医生顿了一下，"您知道她可能会在哪里过夜吗？"

"她肯定会回来的，一定是有什么事拖住了她。"但我想不出有什么事会让琼在枯燥乏味的波士顿过夜。

奎因医生摇了摇头："末班车在一小时前就开走了。"

"也许她会打车回来。"

奎因医生叹了口气。

"您有没有试过联系那个叫肯尼迪的女孩？"我继续说，"琼之前不是住在那里吗?"

奎因医生点了点头。

"琼的家里呢?"

"噢,她绝不会去那里……但我们也找过了。"

奎因医生待了一会儿,好像她能在这安静的房间里发现什么线索似的。最后她说:"好吧。我们会尽力而为的。"然后就离开了。

我关了灯,想继续睡,但琼的脸浮现在我眼前——她没有身体,微笑着,就像柴郡猫的脸。我甚至觉得黑暗中传来了她的声音,时而沙沙作响,时而静默无声。但很快我就意识到,那只是夜风掠过精神病院的树发出的声响……

霜灰色的黎明中,又一阵敲门声唤醒了我。

这一次我自己开了门。

外面是奎因医生。她笔直地站在那里,像一个虚弱的集训警官,令人讶异的是,她的轮廓显得很模糊。

"我想你应该知道这件事。"奎因医生说,"琼已经被找到了。"

奎因医生用的是被动式,我感觉血液的流动都放缓了。

"在哪儿?"

"在树林里,结冰的池塘边。"

我张了张嘴,但什么都说不出来。

"一名护工发现了她,"奎因医生继续道,"就是刚才,在来这儿上班的路上发现的……"

"她不是……"

"她死了。"奎因医生说,"我想她恐怕是上吊自杀的。"

20

一场新雪覆盖了精神病院的院子。这不是圣诞节那种星星点点的雪花,而是堆积到一人高、一月份下的那种鹅毛大雪,会让学校、公司和教堂都暂时关闭,在备忘录、记事簿和日历上留下一天或更长时间的空白。

如果我在一周后通过董事会的面试,菲洛梅娜·基尼宽敞的黑车就会载着我向西开,送我到大学入口的铁门前面。

这是冬天最冷的时候!

马萨诸塞州将被大理石般的寂静淹没。我想象着摩西奶奶[1]画中雪花飘飘的村庄,一望无际、干枯的香蒲沙沙作响的沼泽地,有青蛙和鲇鱼在冰层下安然入梦的池塘,还有风中战栗的树林。

但是,在这块看似清净、平整的表面下,仍然是过去的土地,我不是要去旧金山、欧洲或火星,只是回到往日熟悉的风景中,继续看那溪流、山丘和树木。从某种程度上说,这似乎不算

---

[1] 摩西奶奶:安娜·玛丽·罗伯特·摩西(1860—1961),美国著名的原始派画家,以其昵称"摩西奶奶"为大众所知。

什么,只不过是时隔六个月,回到曾经激烈出走的地方重新开始罢了。

想必大家都知道我的事了。

诺兰医生非常坦诚地说,很多人跟我相处时会战战兢兢,甚至避开我,好像我是一个一走过警钟就会响的麻风病人[1]。母亲的脸浮现在我的脑海中——一轮苍白、哀怨的圆月,那是我二十岁生日以来,她第一次也是最后一次来精神病院看望我。一个在精神病院的女儿!我竟让她承受了这种事。尽管如此,她显然还是决定原谅我。

"埃斯特,我们还能继续生活,"她带着那温柔的、殉道者的微笑,如此说道,"就当这一切是一场噩梦。"

一场噩梦。

钟形罩里的人没有表情,像个死婴一样停在那里,对他们来说,世界本身就是一场噩梦。

一场噩梦。

我什么都记得。

我记得那些尸体、多琳、无花果树的故事、马尔科的钻石、波士顿公园的水兵、戈登医生的斜眼护士、摔碎的温度计、黑鬼和他的两种豆角、我因为胰岛素长胖的二十磅,还有海天交接处矗立的岩石,那就像一个灰色的头骨。

也许我应该任由遗忘像某种雪花一样覆盖一切,直至静谧无声。

---

[1] 过去人们对麻风病人非常恐惧,以至于在某些欧洲村庄里,病人经过时会敲响警钟,提醒其他人避开。

但这都是我的一部分,是我生活过的风景。

"有个男人找你!"

戴着雪白工作帽的护士从门缝探进头来,笑意盈盈地说道。有那么一瞬间,我糊涂了,真以为自己回到了大学——屋内摆放着整齐的白色家具,凭窗远眺,树林和山丘也是一片雪白,相较于我以前的房间里满是刻痕的桌子椅子、窗外光秃秃的院子,现在已经好很多了。"有个男人找你!"当时宿舍值班的女孩在电话里也是这么说的。

我们这群在贝尔塞的人,与我即将回归的大学里那些打桥牌、说八卦或学习的女孩有什么区别呢?那些女孩也坐在某种钟形罩里。

"进来!"我叫道。巴迪·威拉德走进房间,手上拿着一顶卡其色帽子。

"嘿,巴迪。"我说。

"嘿,埃斯特。"

我们站在那里看着彼此。我期待着一丝情感的触动,哪怕只是最微弱的火花。但什么都没有,我只感到强烈的、熟悉的无聊。巴迪穿着卡其色夹克的身影好像很渺小、与我毫不相干,就跟一年前的那天,他背靠着棕色篱栏站在滑雪道终点的身影一样。

"你是怎么到这里来的?"最后我问道。

"开我母亲的车。"

"冒着这么大的雪?"

"嗯。"巴迪咧嘴笑了,"上坡路太难爬了,车陷进外面的雪堆里了。我能去哪儿借一把铲子吗?"

"我们可以找管理员要一把。"

"好。"巴迪转身要走。

"等等,我跟你一起去,我可以帮忙。"

巴迪看着我,眼中闪过怪异的光,那是一种夹杂着好奇与警惕的眼神,我曾经在那位基督教科学派信徒、我以前的英语老师和那位一神论牧师的眼睛里见过。他们都来看望过我。

"噢,巴迪,"我笑了,"我很好。"

"噢,我知道,我知道,埃斯特。"巴迪连忙说。

"你可不适合干挖车这种活儿,巴迪。我就不一样了。"

巴迪的确让我把大部分的活儿都干了。

在来精神病院的途中,这辆车在结了冰的上坡路打了滑,往后溜,接着一个轮子出了车道,就这么陷进了高高的雪堆里。

太阳从灰色的云层中露出脸来,将无痕的斜坡照得闪闪发光,仿佛是夏日的景象。我在忙碌中停下来,俯瞰这片不受打扰的辽阔土地,感到一阵深深的战栗,就像看到树木和草地被齐腰的洪水淹没——仿佛世界的通用秩序发生了轻微的改变,进入了一个新的时代。

我很感激这辆车和这个雪堆。它们的存在让巴迪全无余力,没有问我那件事。我知道他要问什么。在贝尔塞喝下午茶的时候,他终于还是问了。他的声音低沉,带着忐忑。迪迪的眼睛从她的茶杯上面露出来,像一只忌妒的猫一样盯着我们。琼去世后,迪迪被转移到怀马克住了一段时间,现在又回来了。

"我一直在想……"巴迪笨拙地把他的杯子放在茶托上,当啷一声。

"你在想什么?"

"我一直在想……我是说,也许你能给我一个答案。"巴迪迎上我的视线,我才发现他变了很多。他的脸上不再挂着胸有成竹的微笑——以前他总是那样笑,就跟摄影师总是用闪光灯一样。现在他神情严肃,甚至带着小心翼翼的试探——这是一张经常求而不得的人的脸。

"我知无不言,巴迪。"

"你觉得我身上是不是有什么东西会让女人发疯?"

我忍不住爆发出一阵大笑,也许是因为巴迪的表情很严肃,以及"发疯"这个词在这种问句里通常的含义。

"我是说,"巴迪接着往下说,"我跟琼约会过,然后是你。先是你……来了这里,然后琼也……"

我用手指把一片蛋糕屑轻轻压进一滴棕色的茶水里。

"当然不是你的错!"诺兰医生是这么说的。我曾为琼的事找过她,我记得那是她唯一一次生气,"与旁人没有关系,这是她自己的选择。"诺兰医生告诉我,即使是最好的精神病医生,他们的病人里也会有人自杀。如果有人该为此负责,那也是他们,但相反,他们并不认为自己有责任……

"你和我们的事无关,巴迪。"

"你确定吗?"

"完全确定。"

"好吧,"巴迪松了口气,"你能这么说,我很高兴。"

他一口气干了那杯茶,仿佛那是什么补药。

"听说你要离开了。"

瓦莱丽走在一小群病人中间,有护士同行,我跟上她的步伐。"只要医生同意就行。我明天面试。"

脚下被踩实的积雪吱吱作响,午后的阳光融化了冰柱和积雪的外壳,到处都是乐声一样的涓涓细流和滴水声,黑夜降临之前,还会再次结冰。

明亮的日光下,大片松林的黑色阴影也变成了丁香的浅紫色。精神病院小道上的积雪已经铲去,我和瓦莱丽沿着这熟悉的"迷宫"走了一会儿。旁边的走道上,医生、护士和病人像装着滑轮一样经过,堆积的雪隐匿了他们腰部以下的地方。

"面试!"瓦莱丽哼了一声,"那不算什么!只要他们想,就会让你出院。"

"希望如此。"

在卡普兰前面,我对着瓦莱丽那张平静的脸说了再见。她就像雪姑娘[1]一样不悲不喜,无动于衷。接着我独自向前走去,尽管阳光正好,我的呼吸还是转成了白色的雾气。分别时,瓦莱丽兴高采烈地对我喊道:"再见,再见!"

"我觉得不会再见了。"我想。

但我不确定,一点都不确定。我怎么知道会不会有一天——在大学,在欧洲,在某个地方,任何地方——那座钟形罩,那

---

1 源自俄罗斯童话故事。雪姑娘拥有无双美貌,内心却是冰冷一片,一旦识得爱情的滋味,便会被阳光融化。

令人窒息的扭曲感,又再次降临?

难道巴迪没有说过吗 —— 就像是为了报复我把车挖了出来,而他不得不站在一旁旁观 —— "我在想谁还会娶你,埃斯特。"

"什么?"我一边说,一边把雪铲到一个小丘上,散乱的雪花飘过来,刺激得我不停眨眼睛。

"我在想谁还会娶你,埃斯特,因为你已经——"巴迪比画着,把整个山丘、那些松树,还有矗立其间的、覆盖在深深积雪下的朴实建筑都囊括在内。

"——在这里待过了。"

我当然也不知道,在这里走过一遭以后,谁还会娶我。我一点都不知道。

"我收到一张账单,欧文。"我对着话筒轻声说道。彼时我站在行政楼的大堂里,用的是精神病院的公用付费电话。一开始我怀疑接线员可能在转接台偷听,但她只是继续把那些小管子来回拔出来和插进去,眼睛都没眨一下。

"嗯。"欧文说。

"是一张二十美元的账单,对应十二月某一天的急诊和之后一周的检查费用。"

"嗯。"欧文说。

"医院说他们把账单寄给我,是因为他们寄给你的账单没有回音。"

"好吧,好吧,我现在就写一张支票。我会给他们一张空白支票,金额由他们填。"欧文的语气发生了微妙的转变,"那我什么时候能见到你？"

"你真的想知道吗？"

"非常想。"

"永远不会。"我说完，毅然决然地挂断了电话。

有那么一会儿，我担心欧文会因此不寄支票给医院，但转念之间，我又想："他当然会。他是个数学教授，肯定不愿意留下任何尾巴。"

我的膝盖莫名发软。我松了一口气。

欧文的声音对我而言毫无触动。

自我们第一次也是最后一次见面以来，这是我第一次和他说话，而且我相当确定，这将是最后一次。欧文绝对没办法联系上我，除非他去肯尼迪护士的公寓。但在琼死后，肯尼迪护士已经搬到了别的地方，没有留下任何踪迹。

我完全自由了。

琼的父母邀请我参加葬礼。

吉林夫人说，我曾是琼最好的朋友之一。

"你也可以不去，知道吗？"诺兰医生跟我说，"你可以随时写信告诉他们，是我叫你最好不要去。"

"我会去的。"我说，而且我确实去了。在这场从简的葬礼上，我一直在想，我埋葬的东西是什么。

祭坛被惨白的花朵围绕着，依稀可见上面的棺材——那是某个不存在之物的黑影。我环顾周围的座位，人们的脸被烛光照得蜡黄。一缕阴森的烟雾自圣诞节余下的松枝之间升起，逸入寒冷的空气中。

乔迪坐在我身边,她的脸颊饱满红润,像苹果一样。在这小小的群体中,我能时不时认出其他同学和同乡的脸,她们都认识琼。迪迪和肯尼迪护士坐在前排,她们戴着头巾,垂着头。

再后来,隔着棺材、鲜花、牧师和吊唁者的脸,我看见镇上的公共墓地那连绵的草坪,上面覆盖着能没过膝盖的积雪,很多墓碑像无烟的烟囱一样耸立其间。

坚硬的地面上会挖出一个六英尺深的洞口。这坑洞的黑影会和祭台上的黑影融为一体,而本地特有的淡黄色土壤会重新封上这道伤口,让它恢复纯白。最后,一场大雪将抹去琼的坟墓上所有属于新坟的痕迹。

我深吸了一口气,一如既往地在心里夸赞自己。

我在,我在,我在。

医生们正在开董事会的周例会,讨论旧事、新事、病人的入院、出院和面试,而我待在精神病院的图书馆里,胡乱翻阅一本《国家地理》杂志,等着什么时候轮到我。

有病人带着陪同护士在书架间闲逛,并压低声音和管理员交谈。管理员自己也曾经是精神病院的病人。我朝她瞥了一眼——一个近视、不起眼的老处女,我想,她怎么知道自己已经完全康复了,是完整的、健康的,和这些病人不一样呢。

"不要怕,"诺兰医生说,"我会在,还有你认识的其他医生,几位访客。瓦伊宁医生,就是领导所有医生的主任,他会问你几个问题,然后你就可以走了。"

尽管诺兰医生再三保证，我还是怕得要命。

我本来以为，在我离开的时候，我对未来的一切都会十分了解和笃定。毕竟，我已经接受过"分析"。但恰恰相反，我能看到的只有问号。

我一直不耐烦地瞥向紧闭的会议室。我的长筒袜袜缝是笔直的，我的黑皮鞋有裂纹，但擦得很亮，我的红色羊毛西装也像我计划的一样华丽。我的这身着装，有旧有新……

但我又不是在结婚[1]。我想，应该有一种让人重生的仪式——就像给破掉的轮胎打上补丁，翻修加工，然后准许它重新上路。我正在琢磨什么样的仪式才恰当，诺兰医生不知从哪里冒出来，碰了碰我的肩膀。

"好了，埃斯特。"

于是我站起来，跟着她走到敞开的门前。

我在门槛前停下，快速吸了一口气。我看到了里面的人——有银发医生，我入院那天他跟我说了河流和朝圣者的事；有休伊小姐，她的脸上坑坑洼洼、死气沉沉；还有一些人，他们的眼睛我好像见过，只不过是隔着白色的口罩。

这些人都看向我，他们的目光就像一根魔法线一样牵引着我，于是我走进房间。

---

[1] 西方婚礼的习俗中，新娘出嫁时会穿着或携带新的物品（象征美好未来）、旧的物品（象征与过去的纽带）、向其他已婚夫妻借来的物品（将幸福传递给新人），还有蓝色的物品（象征纯洁）。

图书在版编目（CIP）数据

钟形罩 /（美）西尔维娅·普拉斯（Sylvia Plath）
著；黄翊译. -- 南京：江苏凤凰文艺出版社，2025.2（2025.4重印）
ISBN 978-7-5594-8487-1

Ⅰ．①钟… Ⅱ．①西… ②黄… Ⅲ．①自传体小说—
美国—现代 Ⅳ．①I712.45

中国国家版本馆CIP数据核字（2024）第 008241 号

钟形罩

[美] 西尔维娅·普拉斯 著 黄翊 译

责任编辑	周颖若
特约编辑	胡瑞婷
装帧设计	艾 藤
出版发行	江苏凤凰文艺出版社
	南京市中央路165号，邮编210009
网　　址	http://www.jswenyi.com
印　　刷	河北鹏润印刷有限公司
开　　本	787毫米×1092毫米　1/32
印　　张	8.125
字　　数	170千字
版　　次	2025年2月第1版
印　　次	2025年4月第2次印刷
书　　号	ISBN 978-7-5594-8487-1
定　　价	48.00元

江苏凤凰文艺版图书凡印刷、装订错误，可向出版社调换，联系电话 025-83280257